GUSTAVE WASA,

OU

LA SUÈDE

AU SEIZIÈME SIÈCLE,

ROMAN HISTORIQUE

Par M. MARDELLE,

Auteur des Princes Norvégiens, des Ruines de Rothembourg,
de l'Aveugle de Valence, d'Une Nuit au Fort de Derpt, etc.

.....Il est pour le monde un spectacle sublime :
C'est celui d'un Empire éteint qui se ranime;
Qui, long-temps oublié dans son oppression,
Anneau rompu du monde, à cette chaîne immense,
Se rattache, et réclame une part d'existence,
Une place de nation!
(Alex. Dumas.)

TOME TROISIÈME.

PARIS,

TIMOTHÉE DEHAY, LIBRAIRE,

RUE NEUVE-DES-BEAUX-ARTS, N° 9.

1830.

GUSTAVE WASA.

GUSTAVE WASA,

ou

LA SUÈDE
AU SEIZIÈME SIÈCLE.

ROMAN HISTORIQUE

Par M. MARDELLE,

Auteur des Princes Norvégiens, des Ruines de Rothembourg,
de l'Aveugle de Valence, d'Une Nuit au Fort de Derpt, etc.

..... Il est pour le monde un spectacle sublime :
C'est celui d'un Empire éteint qui se ranime ;
Qui, long-temps oublié dans son oppression,
Anneau rompu du monde, à cette chaîne immense,
Se rattache, et réclame une part d'existence,
Une place de nation !
(ALEX. DUMAS.)

TOME TROISIÈME.

PARIS,

TIMOTHÉE DEHAY, LIBRAIRE,
RUE NEUVE-DES-BEAUX-ARTS, N°. 9.

1830.

GUSTAVE WASA,

OU

LA SUÈDE

AU SEIZIÈME SIÈCLE.

CHAPITRE PREMIER.

Un *captif* a raison quand il brise ses fers!....
(DESFORGES.)

Il n'est pas de murailles assez solides
Pour renfermer un tel prisonnier.....
(ALEX. DUMAS, *Henri* III.)

MALGRÉ les plaintes de Christiern, Banner, loin de sévir contre Gustave, redoublait chaque jour de soins et de prévenances pour lui. Il est vrai que, pour ne pas être accusé

III.   1

de désobéissance envers son maître, il continuait à tenir cet infortuné renfermé dans sa prison ; mais il employait tous les moyens imaginables pour adoucir cette cruelle captivité.

Quoique Gustave dut au généreux Banner quelques distractions, les inquiétudes dont il était dévoré empoisonnaient son existence. Néanmoins sa noire mélancolie ne le rendait pas injuste envers son parent, et il professait pour lui des sentimens d'estime et d'affection, tout en s'étonnant de son dévouement sans bornes à la cause de Christiern ; il était contrarié de ce qu'un si honnête homme fût devenu l'instrument des volontés d'un prince aussi odieux.

« Plus je pense, lui dit-il un jour,
au noble caractère qui vous distingue, plus je suis surpris que vous
vous soyiez attaché au plus fourbe
des hommes..... Christiern et Banner!... quel contraste! Vous êtes
sensible, brave et plein de loyauté;
Christiern ne connaît d'autres lois
que ses caprices et ses fureurs. Né
pour le malheur des peuples, son
esprit malfaisant est sans cesse occupé à méditer les plus noires per-
fidies. Son cœur pervers n'est sus-
ceptible d'aucun mouvement généreux : traités, sermens, religion,
justice, rien n'est sacré pour lui.
Implacable dans sa haine, il n'est
pas de crime qu'il ne puisse commettre pour assouvir sa vengeance...

— Arrêtez, Gustave !... C'est assez ! Songez que je ne puis en entendre davantage sans manquer au devoir d'un fidèle sujet.

— Quoi ! Banner, approuveriez-vous les actions d'un prince qui se fait un jeu de verser le sang des hommes ?...

— Il ne m'appartient pas de juger la conduite de mon maître.

— Laissez-moi du moins exhaler mon indignation.

— Réfléchissez, mon ami, que si ma position vis-à-vis du roi m'interdit jusqu'à la moindre réflexion sur la politique qu'il a adoptée, je ne puis, à plus forte raison, prêter l'oreille à des discours aussi offensans pour lui...

— Cependant votre manière d'agir à mon égard est une censure manifeste des actions de votre maître : il semble même que depuis l'ordre barbare qu'il vous a transmis dernièrement, vous ayez redoublé de bonté pour moi. Non, il est impossible qu'avec une ame comme la vôtre, vous ne blâmiez pas un prince aussi injuste et aussi cruel, qui foule aux pieds tous les sentimens d'honneur et d'humanité.

— Je suis forcé de convenir que le roi se laisse quelquefois entraîner par ses passions; mais peut-on l'accuser personnellement de tout le mal qui se fait?

— Je n'ignore pas que ce monarque, aussi faible que cruel, ne voit

que par les yeux de deux monstres que
l'enfer a vomis sur la terre pour le
malheur des humains. Je sais que
Slaghœf, archevêque de Lunden, et
Beldenake, évêque d'Odensée, le
poussent sans cesse aux actions les
plus noires; que le premier, qui est
son confesseur, abuse de l'influence
qu'il exerce sur son esprit pour lui
faire commettre les plus grands
crimes avec sécurité, et que le second, dont l'avarice est insatiable,
profite de son crédit pour opprimer
le peuple et se livrer à toutes sortes
d'exactions : mais je pense qu'on doit
juger un monarque par le choix de
ses ministres, et qu'un prince jaloux du bonheur de ses sujets, ne s'en-
toure ordinairement que d'hommes

de bien pour le seconder dans les soins de son gouvernement.

— Il est vrai que ces deux ministres n'ont aucune des qualités convenables pour diriger un souverain qui, jeune encore et nouvellement appelé au trône, n'a pas acquis l'expérience nécessaire pour gouverner les hommes : mais on peut espérer un changement prochain dans sa conduite. Depuis quelque temps, Claudius, évêque de Wibourg, jouit de sa confiance : ce prélat parviendra sans doute à le rendre plus traitable.

— Claudius est moins violent que les deux misérables dont je viens de parler; mais, sous l'apparence de la douceur et de la modération,

il est plus perfide qu'eux encore.
N'est-ce pas lui qui fut envoyé à
l'administrateur, lorsque la flotte
danoise, en proie aux horreurs de
la famine, et retenue dans la rade
de Stockholm, n'avait plus d'espoir
de salut? N'est-ce pas à force de
ruses et de trompeuses promesses
qu'il détermina Sténon à entrer en
négociation? Est-il étranger à la
trahison dont je suis une des victimes? Non, sans doute, c'est lui qui
est l'auteur de cette machination :
voilà le principal artisan de nos
maux; car il est le seul des conseillers de Christiern qui l'aient accompagné pendant cette campagne.

— Vos discours, Gustave, me font
éprouver un sentiment pénible...

Déjà se pressent en moi des réflexions affligeantes... — Hélas! Banner, le siècle où nous vivons offre bien des sujets d'afflictions pour ceux qui ont secoué le joug des préjugés. En effet, que penser de ce qui se passe dans le Nord? La Suède est en feu parce qu'elle veut sa noble indépendance. Hé bien? que voit-on à la tête de ses ennemis intérieurs? L'archevêque d'Upsal, qui, par son funeste exemple, a entraîné dans sa rébellion le haut clergé de ce malheureux royaume... Quels sont, à l'extérieur, les hommes les plus acharnés à sa ruine? Un Slaghoef qui ne rêve que supplices; un Beldenake qui, non moins cruel, est dévoré de la soif de dit Banner, le roi me prescrit de vous remettre immédiatement la garde du prisonnier, et de cesser toute communication avec lui.....

— Telle est sa volonté suprême.

— Quel ordre sévère !

— Vous ne pouvez l'éluder.

— Je le sais, M. le major ;..... mais je vous avoue qu'une mesure aussi rigoureuse m'affecte bien vivement..... Je ne vous cacherai pas que j'aimais à adoucir la captivité de Gustave.... D'ailleurs, je le devais, puisqu'il est mon parent. Mais, malgré l'intérêt qu'il m'inspire, on n'avait rien à redouter de ma fidélité : le roi m'a mal jugé; non, rien n'aurait pu me faire trahir mon devoir.

— Il m'est pénible, seigneur, d'être chargé d'une telle mission ; mais, vous le savez, les gens de notre état doivent remplir aveuglément les ordres qu'ils ont reçus.

— Je souhaite, M. le major, que vos instructions particulières ne vous prescrivent pas de traiter Gustave avec trop de rigueur... Il me semble qu'il est déjà assez malheureux d'être privé de sa liberté.

— Il nous est permis de lui procurer tous les objets qu'il nous demandera, tels que du linge, des habits, des livres, des instrumens, etc. ; mais, quant aux communications qu'il avait, soit avec vous, soit avec votre famille, il nous est expressément ordonné de les lui inter-

Ne pouvant se lasser d'admirer Léonie et sa jeune amie, il est tellement touché de leur sublime conduite, qu'en exaltant leur courage
et leur vertu, sa voix est altérée par
les larmes d'attendrissement qui s'é-
chappent de ses paupières. Il est
également transporté du dévouement d'Hubner, auquel il prodigue
les noms les plus chers. Il le presse
sur son cœur, en l'appelant son ami,
son sauveur, son ange tutélaire.

« Brave homme, ajoute-t-il,
vous avez déjà fait beaucoup pour
moi, mais, sans doute, il nous reste
encore bien des obstacles à surmon-
ter..... Quels moyens comptez-vous
employer pour me tirer d'ici ?

— Tout est prévu : votre femme

et sa compagne sont munies des objets propres à faciliter votre évasion.!... Mais il faut qu'elles parviennent jusqu'à vous, et je me charge de ce soin.

— Quoi ! vous espérez....

— Comment j'espère!..... j'ai la certitude de réussir.

— Quelle faveur du Ciel !

— Oui, général, je vais travailler à votre réunion; elle aura lieu peut-être avant la fin du jour. Je connais le zèle de Léonie: comme Marie n'est pas moins courageuse, elles sont capables de braver les fatigues d'une longue marche pour arriver au château dans le cours de la journée. Sans doute l'entrée ne leur en sera pas refusée... Adieu, général, j'ose croire

que vous touchez enfin au terme de
votre captivité.

— Que Dieu vous entende!.... Je
brûle d'impatience de presser dans
mes bras celle qui m'est si chère....
Au revoir, digne ami. »

Lorsque Hubner eut rejoint Banner, il lui parla du prisonnier avec
intérêt : il fit même l'éloge de son
beau caractère, et ce témoignage
d'estime donna à ce seigneur une
opinion favorable du faux major.

« Que j'aime à vous entendre parler ainsi de mon parent! lui dit-il...
Cela prouve, monsieur, que vous
savez apprécier les hommes.

— Oui, seigneur, je ne puis me
défendre d'admirer dans votre prisonnier cette noble fermeté qui sied

si bien dans le malheur. J'ai dû lui communiquer les intentions du roi : les propositions qu'il m'a particuliè-rement chargé de lui faire sont de nature à éblouir une ame vulgaire, qui préférerait à l'honneur les avan-tages de la fortune ; car Christiern lui offre la place d'administrateur, s'il consent à gouverner la Suède en son nom ; mais rien ne saurait ébran-ler la résolution du général : il est prêt, dit-il à braver les plus affreux supplices, plutôt que de trahir sa patrie.

— Avouez, M. le major, que de tels sentimens l'honorent aux yeux des honnêtes gens, et que, quoiqu'on soit bien déterminé à servir aveu-glément les volontés de son prince,

on ne cesse pas de lui être fidèle, en
traitant avec humanité les infortunés que le sort de la guerre ou des
raisons d'État ont rendus les victimes d'une politique dans laquelle,
nous autres militaires, ne devons
jamais nous immiscer.

— Tel est mon avis, mais malheureusement la plupart des gens
de notre profession sont étrangers à
de tels sentimens; presque tous con-
sidèrent la modération comme un
acte de faiblesse : l'humanité excite
souvent leur blâme; elle est même
quelquefois interprétée injurieuse-
ment... Il semble, dans le temps où
nous sommes, que, pour être brave,
irréprochable, et digne de la confiance du monarque, il faille néces-

sairement être inexorable, cruel,
avide de tourmenter les malheureux.

— M. Kurmer, vos discours m'é-
tonnent..... Il serait peut-être imprudent de parler de la sorte en présence de certaines gens.

— J'en conviens, seigneur, aussi
je me garderai bien d'exprimer ma
pensée devant tout autre que vous,
dont la générosité est connue : par
exemple, si le major Fridsholm
était présent, je ne m'exposerais pas
à tenir ce langage, dont il serait of-
fusqué.

— Cet officier est donc d'une
grande rigidité?

— Il est plus que sévère.... Sans
doute Fridsholm est un militaire
auquel on doit rendre justice : on ne

saurait trop louer sa conduite, ses
talens et sa bravoure; mais il pousse
son dévouement pour Christiern jusqu'au fanatisme; et quand il est
chargé de l'exécution de ses ordres, tels rigoureux qu'il soient, il
va toujours au-delà de ce qui lui
est prescrit..... En un mot, j'aurais
les meilleures intentions pour Gustave, que, forcé de partager sa sur-
veillance avec un homme du caractère du major, il me serait impossible de rien faire en faveur de ce
prisonnier.

—En ce cas, je le plains.

—Et moi de même, je vous assure;
mais puisque mon camarade ne peut
me rejoindre que dans quelques
jours, je vous promets que pen-

dant ce temps votre parent jouira des bons traitemens auxquels vous l'avez accoutumé. Je ne puis néanmoins, sans me compromettre, vous laisser communiquer ouvertement avec lui, car c'est vous particulièrement que le roi nous a défendu d'admettre auprès du prisonnier. Mais, si vous y consentez, dès ce soir, lorsque les gens du château se livreront au repos, j'amènerai secrètement Gustave dans votre appartement, où il passera quelques momens heureux au milieu de votre famille.

— Cette proposition m'est trop agréable, M. le major, pour que je ne l'accepte avec empressement. Veuillez me suivre, je vous prie : je dé-

sire vous présenter à madame Banner et à mes enfans. Comme je puis
compter sur leur discrétion, je leur
ferai part de vos bonnes intentions,
et vous recevrez l'accueil qu'on doit
à un galant homme.

Il fut d'abord reçu avec une froide
politesse par la famille de Banner;
mais quand elle sut qu'il était particulièrement disposé à traiter Gustave avec douceur, et qu'il s'inté-
ressait à cet infortuné, elle le combla
de prévenances et d'égards. Banner
l'ayant invité à dîner, il parla, pendant le repas, de manière à gagner
l'estime et la confiance de toute la
famille. Si ces braves gens redou-
taient la présence de Fridsholm,
ils espéraient du moins de trouver

quelques dédommagemens dans la
société d'un homme qui, appelé aux
mêmes fonctions, paraissait disposé
à mettre tout en œuvre pour amener son camarade à se relâcher de
sa sévérité ordinaire en faveur de
Gustave; telle était en effet la promesse qu'Hubner leur faisait, sans
toutefois leur garantir le succès de
sa tentative.

Comme ils se levaient de table,
on vint annoncer à madame Banner
et à ses enfans l'arrivée de deux jeunes porte-balles, qui avoient toutes
sortes de marchandises aussi cu-
rieuses qu'utiles à vendre. L'ordre est
donné de les introduire, et bientôt
ils entrent dans la salle. Le premier
mouvement de Léonie et de son amie,

en déposant leurs balles sur une table et en saluant la compagnie, est de chercher à lire dans les regards d'Hubner, resté seul dans l'embrasure d'une croisée. Quelle délicieuse impression elles éprouvent en le voyant exprimer, par ses gestes et son air de satisfaction, que tout va au gré de ses désirs!

Elles s'empressent de montrer leurs marchandises, et diverses choses qui en font partie leur sont aussitôt demandées. Madame Banner choisit, pour elle et pour ses deux demoiselles, des rubans, des plumes, des écharpes, des ceintures, des colliers, des boucles d'oreilles, des bagues et autres objets de parure. Son fils aîné achète ce qui peut lui servir pour dessiner. Quant à son frère, enfant de huit ans, il se jette sur tous les jouets qu'il aperçoit, et en un clin d'œil un tiers des marchandises est vendu.

Cependant Hubner s'approche, et regarde à son tour ce qui peut lui convenir. Après avoir fait l'emplette d'un petit porté-feuille, il témoigne quelque surprise en voyant un étui de mathématiques : il l'ouvre, et examine avec attention toutes les pièces qu'il contient.

« Voici, dit-il, des instrumens confectionnés avec une rare perfection : il n'y manque rien ; règles, compas, équerres, quarts-de-cercle, enfin tout est complet... Regardez-les donc, seigneur, ajoute-t-il en les montrant à Banner, et admirez ce beau travail.

— Il est parfait, répond celui-ci; mais cela n'est pas étonnant, car la marque empreinte sur ces instrumens indique qu'ils ont été fabriqués à Londres.

— Il me vient un idée, que vous approuverez sans doute : c'est de faire l'acquisition de cet étui pour notre prisonnier. Ces instrumens lui seront d'autant plus précieux dans la solitude à laquelle il est maintenant condamné, qu'il m'a prié de lui fournir tout ce qui lui est nécessaire pour se livrer à l'étude des mathématiques.

— Vous ferez bien, monsieur Kurmer, de profiter de l'occasion : Gustave sera reconnaissant de ce soin.

— Je vais mieux faire encore....
Comme, parmi les objets que ces
jeunes gens ont à vendre, il peut s'en
trouver une foule à la convenance
du général, je veux le mettre à même
de choisir ceux dont il a besoin.

— En vérité, M. le major, reprend madame Banner, vous êtes
un homme tout-à-fait aimable : on
ne pousse pas la bienveillance plus
loin.

— Oui, sans doute, continue le
mari, c'est une justice à rendre à
monsieur ; il est d'une prévenance
sans égale, et ses procédés sont d'un
homme de bien.

— Mes amis, poursuit Hubner en
s'adressant aux porte-balles, sui-

rez moi avec vos marchandises : je vais vous mener auprès de quelqu'un que vous verrez sans doute avec plaisir, car il est homme à vous débarrasser de ce que vous avez de plus précieux dans vos balles. »

Tandis qu'il les conduit à la prison de Gustave, madame Banner fait son apologie.

« Quel honnête homme ! s'écrie-t-elle ; comme il paraît franc et loyal ! La probité est peinte sur tous les traits de son visage.

— Ce qui m'étonne, c'est qu'il se trouve chargé d'une mission à laquelle il n'est nullement propre.

— Comme, selon les apparences, le major avec lequel il devait arriver est d'un caractère tout-à-fait opposé au sien, il serait possible que le roi eût fait choix de ces deux hommes pour que la sévérité de l'un fût compensée par la douceur de l'autre.

— A te parler franchement, ma chère amie, je ne pense pas qu'un semblable motif ait dirigé Christiern... J'ai lieu de croire, au contraire, que si le brave Kurmer a été désigné, c'est qu'on était loin de se douter de sa modération. Dans tous les cas, applaudissons-nous d'avoir affaire à ce brave militaire; car son ton et ses manières préviennent en sa faveur. »

Pendant qu'ils s'entretenaient de la sorte, la scène la plus attendrissante avait lieu dans la tour. Gustave et Léonie étaient dans les bras l'un de l'autre. Ces époux réunis ne voyaient rien, n'entendaient rien. Leurs paroles, à peine commencées, expiraient dans leurs baisers, et leurs cœurs palpitant l'un contre l'autre étaient les seuls mouvemens qu'ils se communiquaient. Ils restèrent quelques instans plongés dans cette douce ivresse; Gustave enfin peut exprimer ce qu'il éprouve.

« Ma Léonie, dit-il, laisse-moi t'admirer..... Que ton courage est sublime!... Et vous, chère Marie, ajoute-t-il en la pressant sur son cœur, comment m'acquitter envers vous;.... envers ce brave homme, continue-t-il en serrant la main d'Hubner!..... Au milieu des malheurs qui m'accablent, qu'il est consolant pour mon cœur de recevoir tant de preuves d'amour et de dévouement !

— Seigneur, reprend Hubner, les momens sont précieux. Occupons-nous de votre délivrance. »

Léonie et Marie se hâtent d'ouvrir les doubles fonds de leurs balles.

« Voici, Gustave, l'échelle de soie qui te servira à descendre de cette tour.

— Et cette lime destinée à scier les barreaux de la fenêtre.

— Prends cette ceinture remplie de pièces d'or.

— Ces pistolets,.... cette poire à poudre, ces balles.

— Et ce poignard.... Puisse-t-il

être fatal à qui oserait attenter à tes jours!

— Je n'ai plus rien à vous remettre.

— Il ne faut pas oublier les effets payables à Lubeck... Les voici.

— Quel bonheur! chère Léonie... Ces billets montent ensemble à six mille risdales..... Avant de sortir d'ici, je les déposerai sur cette table avec une lettre adressée à Banner : il pourra, du moins, sans compromettre sa fortune, payer le prix de ma rançon à l'infâme Christiern... Maintenant, convenons de nos faits... Je vais à Lubeck où j'ai de puissans amis : ils s'empresseront de m'appuyer auprès du sénat, et j'en obtiendrai sans doute de grands secours. D'ailleurs Nicolas Gems, premier consul de cette ville, ayant de grandes obligations à mon père, j'ai lieu de compter sur son dévouement..... Quant à vous, il n'y pas à balancer; hâtez-vous de regagner la Suède, où, malgré l'occupation des Danois, vous pouvez rester ignorés jusqu'à ce que les événémens changent de face; tandis qu'en prolongeant votre séjour en Danemarck, vous seriez exposés à toutes sortes de dangers.

— Oui, reprend Hubner, partez d'abord toutes les deux..... L'heure s'avance; vous profiterez de la nuit pour regagner le lieu où je vous ai quittées ce matin : je vous y rejoindrai demain au point du jour. Je reprendrai mes vêtemens; nous sortirons de la contrée par les chemins les moins fréquentés; nous regagnerons l'endroit où nous avons laissé mon cousin et ses fils, qui nous attendent pour nous reconduire en Suède. Arrivés dans ce royaume, nous trouverons un asile chez ma mère, riche fermière des environs de Schwarth-Brunck, château situé à peu de distance de la ville de Trosa. »

Il eût été imprudent de prolonger cette entrevue : quels pénibles efforts eurent à vaincre ces deux époux prêts à se séparer, sans prévoir le temps de leur réunion! Que d'angoisses! Que de larmes et de soupirs! Que de regrets et de vœux

réciproques ! Néanmoins Hubner
leur fait observer la nécessité d'a-
bréger leurs adieux : le général,
ne pouvant oublier ce qu'il doit à
l'amitié, quitte le sein de son épouse
pour serrer tendrement Marie sur
son cœur ; mais bientôt il s'élance de
nouveau dans les bras de sa femme,
et Hubner ne parvient qu'avec peine
à l'arracher à ses embrassemens.

« Il est temps de partir, madame,
dit-il à Léonie, venez, venez.

— Adieu, cher Gustave... Adieu !
Surtout prends soin de tes jours.....
Songe à ton père, à ta famille.

— Adieu, mon amie : ..... Crois
que si je tiens encore à la vie, c'est
pour te la consacrer.

—Au revoir, reprend Hubner....

Ce soir, je vous ramènerai auprès de Banner et de sa famille ; mais cet instant sera suivi de votre délivrance. »

Les époux s'embrassent pour la dernière fois, et bientôt Gustave reste seul dans sa prison.

« Hé bien ! M. le major, dit Banner en voyant revenir Hubner avec les porte-balles, Gustave a sans doute été sensible à vos attentions.

— Oui, seigneur; il est on ne peut plus satisfait, et même, à le voir se confondre en remercîmens, on eût cru qu'il s'agissait d'un service important.

— Ces jeunes garçons lui ont-ils vendu beaucoup de marchandises ?

— Il s'est contenté de quelques

objets dont il compte se servir utilement. »

. Banner, voyant les porte-balles se disposer à quitter le château, ordonne qu'on ne les laisse point se remettre en route sans leur avoir fait prendre des rafraîchissemens. Cette offre est acceptée avec des marques de reconnaissance, et leur départ a lieu quelques instans après.

— Hubner, passa le reste de la journée avec Banner et sa famille; il acheva, par ses manières engageantes, par le charme de sa conversation, de gagner entièrement leurs bonnes grâces. Quand l'heure de recevoir Gustave fut arrivée, il alla le chercher. Ses parens se promettaient tant de plaisir à le revoir, que cette circonstance était comme une bonne fortune pour eux. Aussi l'accueillirent-ils avec la plus grande aménité : ils avaient préparé une espèce de fête où chacun d'eux fit des frais pour rendre cette réunion agréable.

Néanmoins Hubner, sentant combien il est important que Gustave ait le temps à travailler à son évasion, et de faire le plus de chemin possible avant le retour de l'aurore, se lève au bout d'une heure, et ordonne au prisonnier de le suivre. On veut les retenir encore quelque temps, mais il insiste; on se résigne.

« Vous m'excuserez, je vous prie, dit-il; mais il m'est impossible de rester. Je suis tellement accablé des fatigues de cette journée que j'ai besoin de repos... Et puis, j'ai l'habitude d'être sur pied avant le jour.

— Mais, major, reprend Banner, ne pouvez-vous demain vous lever plus tard qu'à l'ordinaire?

— Non vraiment : ma santé en souffrirait... D'ailleurs je me propose de visiter, dès l'aurore, les environs de cette forteresse ; je vous prie de donner vos ordres pour que mon cheval soit prêt à six heures du matin.

— Vous serez satisfait, M. le major. »

Hubner et le prisonnier prennent congé de la société et se retirent. Dès qu'ils se trouvent seuls dans la prison, ils se jettent dans les bras l'un de l'autre. Gustave ne peut

III. 4

trouver d'expressions assez fortes pour témoigner sa reconnaissance à son libérateur. Ce dernier, vivement attendri, verse des larmes : leurs sensations réciproques sont si profondes que le temps vole sans qu'ils s'en aperçoivent. Cependant l'horloge du château, qui sonne neuf heures, les avertit qu'il faut se séparer; ils se font un dernier adieu. Hubner se retire, et Gustave se hâte de travailler à sa délivrance.

Quelle nuit épouvantable pour les personnes liées au sort du général! Le temps était sombre et froid : le vent sifflait avec violence : les nuages amoncelés laissaient échapper de temps en temps une pluie abondante qui rendait les chemins affreux. Malgré ces contre-temps, deux femmes, dévorées d'inquiétude, accablées de fatigue, et chargées de fardeaux, déployaient le plus rare courage en traversant, au milieu d'une profonde obscurité, une épaisse forêt, pour gagner l'endroit où elles devaient attendre leur guide.

Quant à Hubner, quoiqu'il ne fût point exposé à de semblables désagrémens, il n'en était pas moins tourmenté par l'idée de leurs souffrances, et par l'incertitude qu'il éprouvait sur le succès de l'entreprise hasardeuse de Gustave.

Levé avant l'aurore, il monte à cheval à six heures, se fait ouvrir les portes, et se rend du côté de la prison. Quelle est sa joie, lorsque le jour qui commence à poindre, lui permet de voir flotter l'échelle de soie attachée à la fenêtre, dont deux des barreaux sont détachés.

« Mon Dieu, se dit-il, je te rends grâce : Gustave est libre! »

Puis, il prend le chemin de la forêt, pique des deux, et court à franc étrier. Sa course est si rapide qu'en moins de deux heures, il est rendu à sa destination; mais son cheval a été poussé avec tant de violence qu'il expire en arrivant.

Comment peindre les transports de Léonie et de sa digne amie, en apprenant l'issue de ces événemens ! Tandis qu'elles rendent grâce au Ciel de la délivrance de Gustave, Hubner quitte ses habits de major et les jette sur le cadavre de Kurmer : il reprend ensuite son modeste costume ainsi que sa balle, et donne le signal du départ. Ils s'éloignent tous les trois la joie dans l'ame, prennent des chemins de traverse, et se proposent de gagner, à marche forcée, l'endroit où ils doivent s'embarquer pour retourner en Suède.

Cependant l'alarme était répandue parmi les habitans de la forteresse, car on n'avait pas tardé à s'apercevoir de l'évasion du prisonnier. On cherche le major de tous côtés; mais il ne reparaît point, et tout s'explique bientôt. Sa disparition subite, l'introduction des porteballes dans la prison, une lettre que Gustave y a laissée avec les effets

sur Lubeck, toutes ces circonstances
dessillent les yeux de Banner, qui
s'empresse de faire faire des perquisitions dans toute la contrée : elles
sont infructueuses, et n'aboutissent
qu'à confirmer les premières conjectures; car on retrouve bientôt
dans la forêt le cheval mort, et à
quelques pas de là le cadavre de
Kurmer. On reconnaît aussi les vêtemens sous lesquels le faux major
s'est présenté à Calloé, et les renseignemens pris dans l'auberge du roi
de Danemarck auprès de Fridsholm
et de ses hôtes achèvent l'éclaircis-
sement de cette affaire, qui jette
Banner et sa famille dans le plus
grand embarras.

CHAPITRE II.

Hier j'avais trente armées,
Trente ports, trente arsenaux :
Aujourd'hui, pas une obole !
Pas une lance espagnole,
Pas une tour à créneaux?...

(Em. Deschamps, *Le roi Rodrigue
après la bataille.*)

Si je reviens si craint et si peu désiré,
O ciel, de ma prison pourquoi m'as-tu tiré?

(Racine, *Phèdre.*)

Gustave, après avoir fait plus de dix lieues pendant la nuit, arriva le lendemain dans un hameau où il trouva le moyen de se travestir en paysan. Dans cet équipage, il marcha deux jours de suite à pied, par des chemins détournés, et se rendit

à Flensbourg : il ne sortait personne
de cette ville sans passe-port, et Gustave n'osait se présenter à la porte
ni au gouverneur, dans la crainte
d'être reconnu. Heureusement pour
lui c'était la saison où les marchand
de la Basse-Saxe venaient acheter
des bœufs dans le Jutland, où il s'en
faisait alors un commerce considérable. Gustave se loua à un de ces
marchands allemands pour conduire
ses bœufs, et à la faveur de ce dé-
guisement il sortit des terres de Danemarck, et arriva sans accident à
Lubeck.

Il alla aussitôt implorer le secours
du sénat. Les sénateurs se trouvèrent
fort embarrassés sur le parti qu'ils
devaient prendre. Banner, qui avait

suivi de près les traces de son prisonnier, et qui était appuyé d'une
lettre menaçante du cabinet de Copenhague, demandait qu'Ericson lui
fût livré. Dans son ressentiment, il
lui reprocha une fuite qui l'exposait
à l'indignation de son souverain. Il
chercha ensuite à effrayer le sénat
par le tableau des dangers auxquels
il s'exposerait s'il osait braver la colère du roi de Danemarck, en pro-
tégeant son plus grand ennemi.

De son côté Gustave exposa l'in-
justice de sa captivité, et le droit
incontestable qu'a tout homme de la
rompre. Il parla avec chaleur de la
violence qu'on lui avait faite contre
la foi publique et le droit des gens.
Il dit que cependant il avait sup-

porté son infortune avec patience
tant qu'il avait espéré que Christiern se résoudrait à lui faire justice ; mais qu'ayant acquis la certitude que ce prince voulait se défaire
de lui, on ne devait pas trouver
mauvais qu'il eût profité de l'occasion de recouvrer sa liberté ; qu'au
surplus Banner ne pouvait en recevoir de dommage, puisque les effets
qu'il avait à toucher à Lubeck avaient
été apportés par ses libérateurs pour
servir à sa rançon. Il finit par déclarer qu'ayant compté sur la protection d'un gouvernement juste et
impartial, il était tranquille, et ne
craignait pas de voir tromper son
espérance.

Cependant la plupart des séna-

teurs, effrayés des menaces de Christiern, se rangeaient déjà du côté de
Banner, et Gustave allait être livré,
lorsque Nicolas Gems, homme d'un
mérite distingué, les fit changer de
résolution. Il représenta l'intérêt que
le sénat avait de s'opposer aux projets ambitieux de Christiern. Il dit
que l'indépendance de Lubeck cour-
rait les plus grands dangers si les
trois royaumes du Nord étaient réunis sous l'autorité d'un tel maître,
surtout sous celle d'un roi dont la
haine pour les habitans de Lubeck
n'était que trop connue. Il ajouta
que la conquête de la Suède allait
rendre ce prince maître de tout le
commerce de la Baltique, ce qui
ruinerait dans la suite les négocians

des villes anséatiques. Il fit observer
en outre que les Danois s'étaient
toujours montrés leurs ennemis, tandis que les Suédois au contraire n'a-
vaient jamais cessé de vivre avec
eux en bonne intelligence Il ne pouvait croire, disait-il, que la régence
eût oublié qu'ils devaient leur liberté au roi de Suède Éric Blésus,
qui les avait délivrés de l'usurpation
tyrannique de Waldemar second,
roi de Danemarck. Il n'oublia pas
non plus de rappeler à ses collègues
que la protection de la Suède avait
enrichi les négocians de Lubeck, et
leur fit sentir la nécessité de se déclarer dans cette conjoncture pour
leurs anciens alliés.

Malgré les représentations de Gems,

le sénat, qui n'était composé que de marchands, ne trouva pas à propos de se déclarer ouvertement en faveur d'un parti qui, ne pouvant disposer d'aucune troupe, paraissait dénué de toute espèce de ressources. Ces bourgeois n'ayant pour but que la sûreté présente de leur commerce, et redoutant Christiern qui avait une flotte puissante, refusèrent même à Gustave de le faire conduire à Stockholm, où il avait le dessein de se rendre.

Quant à Banner, voyant qu'il ne pouvait déterminer le sénat à lui livrer Gustave, il toucha le montant de sa rançon, et prit le parti de repasser en Danemarck.

Cependant , soit que le consul

Gems eût des vues plus étendues que les autres sénateurs, qu'il comprît mieux les intérêts de son pays, ou, ce qui est plus vraisemblable, qu'il eût obtenu un ordre secret de favoriser Gustave, sans que la régence y eût part, il ne laissa pas de lui promettre de le faire passer secrètement sur les terres de Suède.

Effectivement il ne tarda pas à le faire embarquer sur un vaisseau marchand, et lui fit espérer en partant que, s'il parvenait à former dans le royaume un parti capable de tenir la campagne, il se faisait fort de déterminer la régence à se déclarer en sa faveur.

Gustave eût bien voulu descendre dans le port de Stockholm; mais le

patron du navire, que son négoce
appelait d'un autre côté, le débar-
qua aux environs de Calmar. Il entra dans cette ville; elle tenait encore en apparence pour le parti de
la princesse Christine, veuve de l'administrateur, ou, pour mieux dire,
le gouverneur tenait pour lui-même,
et attendait, pour faire son traité,
que les Danois lui offrissent des conditions capables de le dédommager
de la perte de son gouvernement.

Gustave se fit connaître au gouverneur et aux principaux officiers
de la garnison, la plupart Allemands, et qui avaient servi sous
lui dans l'armée du prince Sténon. Il se flattait qu'à la faveur de
sa naissance et de son ancienne au-

torité ils lui déféreraient encore le commandement. Dans cette persuasion il les exhorta à garder inviolablement à la veuve de l'administrateur la fidélité qu'ils avaient promise à ce prince. Il leur dit qu'il était venu les rejoindre au péril de sa vie, pour partager avec eux la gloire d'une résistance honorable : il les assura qu'ils ne manqueraient pas de secours. Mais ces étrangers, gens de solde et mercenaires, voyant ce seigneur sans troupes et sans suite, le regardèrent comme un homme perdu, et refusèrent d'entrer dans son parti. Comme il voulut faire de nouvelles représentations, on le menaça, s'il ne se retirait, de le tuer, ou de le livrer aux Danois.

Gustave fut obligé de sortir précipitamment de la ville, et d'errer
pendant quelque temps à l'aventure.

CHAPITRE III.

Vous êtes jeune encore et l'on peut vous instruire.
(RACINE, *Britannicus.*)
Je suis jeune, il est vrai; mais aux ames bien nées,
La valeur n'attend pas le nombre des années !
(CORNEILLE , *Le Cid.*)
Viens réveiller en lui l'honneur de l'étranger,
L'amour de son pays, la soif de le venger !....
(C. DELAVIGNE, *Les Vêpres.*)
Que veux-tu, bel enfant au teint blanc, aux yeux bleus!
— Je veux de la poudre et des balles.
(V. HUGO.)

DEPUIS deux heures le soleil bril-
lait sur les hautes tours de Schwarth-
Brunck, et quoique ce château fût
occupé par beaucoup de monde, il
y régnait un grand silence : la plupart de ses habitans étaient encore
plongés dans un profond sommeil.

L'horloge venait de sonner dix heures, et comme c'était le moment de relever les postes, on n'entendait que les cris des sentinelles posées sur les remparts qui, du côté de la mer, étaient construits sur des rochers inaccessibles, et vers l'endroit opposé dominait une plaine immense, où peu de temps auparavant les Suédois avaient été complétement défaits par le général Othon.

Cependant une vieille femme portant un panier à son bras dirige ses pas vers le donjon de la tour du nord. En détournant le corridor qu'elle vient de parcourir, et au moment de monter le petit escalier tournant qui conduit à cette tour, elle entend derrière elle des pas précipités : elle se retourne, et s'arrête en apercevant un jeune homme de seize ans.

« Où allez-vous donc, bonne Frikgell, lui dit-il ?

— Vous le voyez bien, M. Oscar; je vais comme à l'ordinaire porter les provisions de la journée à cet officier suédois pour lequel vous avez tant d'amitié.

Je crois, bonne dame, qu'il est encore de trop bonne heure, et que vous pourriez troubler son sommeil.

— Vous n'y pensez pas, notre jeune maître, ce brave militaire est matinal.

— Je le sais bien; mais comme, pour ne pas me trouver à la fête qui s'est prolongée jusqu'au jour, j'ai passé une partie de la nuit avec lui, je pense qu'il n'est peut-être pas encore réveillé, et c'est cette incertitude qui fait que je ne sais si je dois aller le voir à présent, ou attendre encore une heure ou deux.

— Que risquons-nous de monter, M. Oscar? J'ouvrirai la porte de sa chambre avec précaution; si nous le trouvons endormi, je poserai ce panier sur la table, et nous nous retirerons sans faire le moindre bruit.

— Allons, puisqu'il en est ainsi, montons...... Passez la première, Frikgell.

— Je n'en ferai rien; je sais trop ce que je vous dois.

— Puisque vous le voulez absolument, j'y consens.... D'ailleurs vous le savez, je n'aime pas les façons. »

Ils trouvèrent en effet l'officier endormi, et Frikgell, après avoir laissé le panier dans la chambre, attendait qu'Oscar en fût ressorti pour descendre après lui ; mais le jeune homme prend un livre, s'assied auprès du lit de l'étranger, et fait signe à la vieille de se retirer : elle pousse la porte sur elle, et s'en va.

A peine Oscar a-t-il lu quelques lignes, qu'il détourne la tête vers l'officier dont il contemple les traits.

« Quel air noble ! se dit-il.... Que sa figure est distinguée !...... Quel peut être cet étranger?..... Non, ce n'est point un simple officier de l'armée suédoise ; son langage, ses manières, tout annonce qu'il cache son rang..... Mais comme il est agité !...

Il rêve sans doute..... Oui, un songe pénible occupe sa pensée...... Des mots inarticulés s'échappent de ses lèvres..... Écoutons.

— Marie! Marie! s'écrie l'étranger, sèche tes larmes... la mort m'a épargné.

— C'est sans doute celle qu'il aime.

— Malheureuse !..... Elle pleure mon trépas... Et toi, Léonie, chère sœur.....Quel désespoir!

— Léonie, sa sœur !

— Gustave! mon digne frère..... O perfidie ! ils l'ont jeté dans les fers..... Vengeance ! vengeance!

— Quel mystère!

— Qui est là ? crie l'étranger en se réveillant en sursaut... Ah ! c'est vous, Oscar?

— Oui, je suis là depuis quelques instans ; mais vous ayant trouvé endormi, je ne voulais pas troubler votre sommeil.

— Il a été bien agité...... Dieu ! quelle sueur ! Je suis en nage.... Mais je sens que je vais me remettre... Oui, me voilà déjà plus tranquille..... Ce maudit rêve m'avait fait mal !...

— Je le crois, et quelques mots qui vous sont échappés dans votre sommeil m'ont fait naître une idée que je brûle d'éclaircir.

— Que pourriez-vous penser ?

— Que votre condition n'est pas celle d'un simple officier... Les noms de Léonie,.... de Gustave.....

— Que dites-vous ?

—Ceux de sœur,.... de frère.....
Dieu ! si vous étiez le général Rénolde qu'on a cru tué dans la dernière bataille !....

— Silence, Oscar !

— Je n'en puis plus douter.....
c'est vous , seigneur Rénolde.....
Dieu ! je te rends grâce !.....

— Mon ami, mon sort est entre
vos mains.

— Général, vous connaissez mes
sentimens.

—Oui, bon jeune homme , je sais
qu'ils sont ceux d'un vrai Suédois...
D'ailleurs, qui doit m'inspirer plus
de confiance que celui qui , m'ayant
trouvé sur le champ de bataille, où
j'avais été laissé pour mort, me fit
transporter dans la ferme de Frik-

gell, où j'ai reçu des secours si sa-
lutaires !

— J'agissais en ce moment par un
simple mouvement d'humanité : j'é-
tais loin de penser que cette action
devait conserver à mon pays un de
ses meilleurs généraux, celui qui,
pendant six jours consécutifs, disputa
la victoire au général Othon, dont
les forces étaient si supérieures aux
siennes.....

— Il est vrai que la lutte était
inégale, puisque l'armée danoise
était trois fois plus forte que la
mienne.

— Ah ! combien j'eus à souffrir,
quand du haut de nos remparts j'as-
sistai aux diverses affaires qui eurent
lieu entre vos troupes et les Danois !

Sans mon père, j'aurais volé dans les rangs des Suédois, pour combattre les ennemis de mon pays.

— Quoique j'aie la meilleure opinion de vos sentimens, jeune homme, je vous avoue que ce langage m'étonne dans la bouche du fils du seigneur Flammers. Il ne m'appartient pas sans doute de blâmer la conduite d'un homme à qui j'ai les plus grandes obligations, mais votre père est du petit nombre des nobles de cette province qui, dès l'arrivée des Danois, se sont empressés de reconnaître l'autorité de Christiern.

— Pourquoi me parler d'une action à laquelle je ne puis songer sans rougir pour l'auteur de mes jours ! Que n'ai-je pas fait pour l'en détourner? Mais hélas ! mes efforts ont été vains, et j'ai la douleur de nous voir condamnés à subir la loi d'un vainqueur insolent. Quelle tache pour ma famille ! Que ne puis-je un jour la laver dans le sang de nos ennemis !

— J'admire jeune homme ce mouvement d'une ame vraiment élevée, et j'espère qu'un temps viendra où vous aurez l'occasion d'illustrer votre nom en servant la patrie ; mais que le zèle qui vous anime ne vous fasse commettre aucune indiscrétion à mon égard. Songez que je serais perdu sans retour, si l'on découvrait qui je suis.

— Soyez tranquille, général ; j'aimerais mieux mourir que de vous compromettre. »

Cet entretien est tout à coup interrompu par le retour précipité de Frikgell.

« Venez, M. Oscar, dit-elle en entrant : le seigneur Flammers a quelque chose d'important à vous communiquer : il vous fait chercher de tous côtés.

— Allons, je me rends à son désir... Adieu, M. l'officier, dit-il en serrant affectueusement la main de Rénolde ; je vous quitte à regret, mais je compte vous revoir bientôt : j'éprouve trop de plaisir dans votre société pour la négliger.

— Et moi, M. Oscar, reprend Frikgell, je reste auprès de lui ; quoique ses blessures soient presque cicatrisées, je vais m'occuper de les

panser..... Dans peu de jours, j'espère, elles n'auront plus besoin de
l'être.

Dès qu'Oscar est parti, Frikgell
visite les blessures de Rénolde.
« Que Dieu soit loué ! s'écrie-t-
elle : cela va le mieux du monde.
Ces enragés de Danois vous avaient
maltraité !..... Cinq grands coups
de sabre sur la tête et un sur l'é-
paule !.... Il faut convenir que vous
l'avez échappé belle.

—Si je n'en suis pas mort, bonne
Frikgell, c'est à vous que je le dois,
car vous m'avez prodigué les soins
d'une mère.

—Dites donc que c'est à M. Oscar
que vous avez cette obligation.....
N'est-ce pas lui, qui après la bataille

donnée auprès de ma maison, se
rendit sur les lieux pour porter des
secours aux Suédois blessés?... Vous
ayant trouvé couché sur la pous-
sière, dépouillé de vos vêtemens,
et noyé dans votre sang, il s'aperçut
heureusement que vous donniez encore quelques signes de vie. Alors
il vous fit transporter chez moi, et
mon premier soin fut d'étancher le
sang qui sortait de vos blessures;
mais grand Dieu! quelle journée!
A peine eus-je fini de vous panser,
qu'un affreux incendie éclata dans
ma ferme. Quelques troupes sué-
doises, furieuses d'avoir perdu leur
général au milieu de la mêlée, venaient de se rallier, et repoussaient
les vainqueurs qui, dans leur re-

traite avaient mis le feu à ma grange.
M. Oscar vous fit aussitôt conduire
ici, en m'invitant à vous accompagner. Complétement ruinée par la
perte de ma propriété devenue la
proie des flammes, je suis restée
dans ce château, où je n'ai qu'à me
louer des bontés du seigneur Flammers et de son fils. »

Tandis que la bonne Frikgell prodigue au blessé les soins que réclame son état, Oscar est en présence de son père, qui lui adresse
quelques reproches sur ses imprudences.

« Mon fils, lui dit-il, je désire
avoir avec toi une explication : et
j'espère qu'elle t'engagera à mettre,
à l'avenir, plus de circonspection

... ... conduite envers les Danois
qui ... ... maintenant dans mon
... ... Ta haine pour eux est si
... que tu ne prends pas même
le soin de la dissimuler en leur présence. Au lieu de craindre qu'à la
... s'offensent de tes manières,
et que tu ne m'attires des désagrémens, qu'en bon fils, tu dois chercher à m'éviter. ...

— Vous avez toujours trouvé en
moi, mon père, une déférence aveugle à toutes vos volontés ; mais dans
cette occasion, une telle condescen-
dance est au-dessus de mes forces :
non, je ne puis accueillir favorable-
ment les artisans de la ruine de ma
patrie, et si je n'écoutais que l'indignation dont je suis animé, je se-

rais parmi les braves qui, ne dés-
espérant pas du salut de la Suède,
affrontent encore la mort pour combattre ses oppresseurs.

— Que dis-tu, cher Oscar?....
Ignores-tu que, si de semblables
opinions étaient connues du général
Vestérolde, cela suffirait pour nous
perdre? Cet homme si impérieux,
si sévère, a déjà remarqué que, depuis deux jours qu'il habite en ces
lieux, tu n'as pas daigné lui rendre tes devoirs, et quand hier, pendant la fête que j'avais jugé convenable de lui donner, il ne t'a pas
vu parmi nos nombreux convives,
il en a témoigné tout haut sa surprise et son mécontentement. Voilà,
mon fils, le motif qui m'engage à

te faire des représentations sur tes imprudences continuelles..... Si tu persistes dans ton système d'aversion envers les Danois, tu finiras par me compromettre.

— Hé! mon père, pourquoi sommes-nous forcés de dévorer tant d'affronts?... Ne valait-il pas mieux soutenir la cause nationale et nous ensevelir sous les ruines de ce château, que d'aller au devant des satellites du despote du Nord?

— Tu es fou, mon ami; avec le petit nombre de mes serviteurs, aurais-je pu résister à une puissante armée?

— Vous pouviez au moins retarder sa marche de quelques jours... Notre garnison, composée de cent

hommes d'armes, suffisait pour faire
une résistance honorable.

— Mais, Oscar, considère donc
le sort des nobles de cette province
qui ont osé se défendre; en peu de
jours, leurs forteresses ont été dé-
truites; et ces infortunés, maintenant captifs en Danemarck, subis-
sent les plus durs traitemens.

— Quand on a rempli ses devoirs
envers la patrie, on trouve dans son
ame la force nécessaire pour supporter la mauvaise fortune avec résignation.

— Vous oubliez que c'est un père
qui vous parle, et qu'il n'a pas besoin des leçons d'un jeune homme à
peine sorti de l'enfance.

— Pardon, mon père, pardon;

mais ces opinions, que vous semblez blâmer aujourd'hui, ne sont-elles pas le fruit de vos soins? Habitué, dès mes plus jeunes ans, à vous entendre exalter l'amour de la patrie, j'ai cru qu'on devait appliquer l'exemple au précepte. J'avais jusqu'à ce jour considéré ces principes comme invariables, et je m'imaginais que l'honneur prescrivait de les mettre en pratique, surtout quand il s'agit des intérêts d'un peuple entier; mais puisqu'en vous dévoilant le fond de ma pensée, j'ai le malheur de vous déplaire, je saurai me soumettre à vos désirs, et je ferai tous mes efforts pour me contenir en présence de ceux que je regarde comme le fléau de mon pays.

— Je te sais gré de cette résolution. Hélas! si j'ai cédé à des circonstances impérieuses, c'était principalement dans tes intéréts. Oui, cher Oscar, j'ai voulu te conserver l'héritage de tes pères..... Si j'avais bravé les événemens, qu'en serait-il résulté? Notre ruine entière;.... tu n'aurais plus d'avenir... Entre nous, mon cher fils, peux-tu me croire porté pour Christiern? Je partage ta haine pour ce tyran, et j'ai fait long-temps des vœux pour la Suède; mais puisque les affaires de ce royaume sont désespérées, je dois penser au sort de ma famille, de mes chers vassaux..... D'ailleurs, tu connais ma conduite; n'ai-je pas été le premier à protéger les prisonniers svédois ? n'ai-je pas déjà obtenu le renvoi d'une foule de ces malheureux dans leurs foyers ?.... Et cet officier que tu as secouru, ne l'ai-je pas traité avec distinction ?

— Mon père, qui pourrait vous contester les vertus d'un bon cœur ? Ah ! sans doute les infortunés trouveront toujours un appui dans votre générosité. »

Sur ces entrefaites, on annonce à Flammers que le général Vestérolde le fait demander. Tandis qu'il se rend auprès de lui, Oscar rejoint Rénolde, avec lequel il se propose de rester une partie de la journée.

« Seigneur, dit le général à Flammers, je viens de recevoir une dépêche du général Ripper, qui com-

mande en chef nos troupes en Su-
dermanie : elle contient l'ordre de
faire préparer dans ce château de
logement pour cinquante hommes,
formant le noyau de la légion à la
solde de l'archevêque d'Upsal, qui
va être rétabli dans ses droits. C'est
ici même que doit être organisé le
corps qui sera porté à deux cents
hommes. Une dame, qui a acquis
quelque célébrité, et dont la fortune
est considérable, a l'autorisation du
roi de Danemarck de lever cette légion à ses frais, et son frère en a le
commandement.... Vous savez sans
doute de qui je veux parler......
— Je pense qu'il est question de
la belle Gurithe, et d'un certain
Norbert?...

« — Oui, ce sont ces deux personnages qui arriveront demain avec
leur suite dans ce château. Comme
ils sont particulièrement honorés de
la protection de Christiern, je n'ai
pas besoin de vous recommander de
les accueillir avec distinction. »

Flammers répond qu'il va donner des ordres en conséquence. En
effet, le reste de sa soirée se consuma
en préparatifs; et quoique vivement
contrarié de l'arrivée de tels hôtes,
il parut enchanté de les recevoir.

Dès qu'Oscar fut instruit de cette
circonstance, il n'eut rien de plus
pressé que d'en informer Rénolde.
Cette nouvelle imprévue le jette dans
une telle fureur, qu'Oscar en re-
douta les suites. En effet, dans le

premier mouvement de son indignation, Rénolde parlait d'aller trouver
Gurithe, de lui reprocher ses crimes, et de percer le cœur de Norbert en sa présence.

Oui, disait-il, je délivrerai la terre
de ce monstre, et je me livrerai ensuite aux Danois. »

Cependant Oscar lui ayant fait
envisager les funestes conséquences
qui résulteraient d'un parti aussi
extrême, parvint à l'en détourner.
Quand cet infortuné fut plus calme,
il entra avec son jeune ami dans
tous les détails de ce qui s'était
passé en Uplande. Oscar s'intéressa
vivement à Marie; il admira aussi
le caractère de Tobern, fut révolté
des cruautés exercées contre Dick,

t maudit les instigateurs de tant

l'atrocités.

« Quelle contenance vais-je tenir,

lit Oscar, en présence de cette

femme méprisable et de son digne

frère? Que ne puis-je éviter ces mi-

serables ! mais d'après la promesse

qui m'a été arrachée par mon père,

je suis condamné à les voir, à les

entendre, et même à leur témoigner

mon respect...... Non, je ne pourrai

jamais me résoudre à tant d'abjec-

tion : ils liront dans mes regards le

mépris qu'ils m'inspirent..... Que

je souffre dans ce séjour ! L'aspect

des ennemis de mon pays me fait

mal. Je ne puis plus supporter tant

d'humiliations... Ah ! si je pouvais

combattre pour notre liberté, avec

quel empressement je quitterais ces lieux... On dit que les paysans de l'U-plande tiennent encore ; qu'ils se sont retirés au fond de leurs forêts ; qu'ils ont tous juré de périr plutôt que de se rendre... On parle de leur chef comme d'un homme très-ha-bile, et surtout plein de résolution.

— Quel est son nom ?

— Il me semble avoir entendu prononcer celui de Tobern.

— Tobern ;... cela ne me surprend pas... Que ne puis-je le rejoindre !

— Malgré les obstacles qui sem-blent s'y opposer, je veux vous faire passer en Uplande.

— Serait-il vrai ?

— Oui, mais à une condition ; c'est que je serai du voyage.

— Quoi! si jeune encore, vous oseriez....

— Rien ne peut m'arrêter.

— Mais votre père.....

— Qu'il encense, s'il veut, un pouvoir que j'abhore; quant à moi, je je ne connais qu'un devoir... la patrie! la patrie!

— Mais quel est votre projet?

— Écoutez : vous allez le connaître..... Quand mon père s'empressa d'ouvrir les portes de son château au général Othon, je remarquai la contenance de plusieurs de nos hommes d'armes : voyant qu'ils ne se soumettaient qu'à regret, je ne les perdis pas de vue, et je leur fis bientôt connaître mes sentimens. Depuis, ces mêmes hommes n'ont cessé

de me témoigner leur mécontentement. Ils eussent, me disent-ils chaque jour, préféré mourir en com-
battant, que de se rendre sans opposer la moindre résistance.

— Quel parti comptez-vous tirer
de ces braves ?

— Sachez aussi, général, que le
navire et les chaloupes qui sont
amarrés aux pieds de nos rochers
dépendent de la forteresse ; que tous
les marins attachés au service de
ces bâtimens exécrent les Danois, et
que je n'ai qu'un mot à dire pour
les décider à nous conduire en Uplande.

—Quelle heureuse circonstance !..
Que ne vous devrai-je pas, cher
Oscar !... Déjà vous m'avez arraché

au trépas, et pour mettre le comble
à vos bienfaits, vous m'offrez l'occasion de consacrer les jours que
vous m'avez conservés à la défense
de mon pays ! »

Dans l'effusion de sa joie, il presse
Oscar sur son cœur, et lui fait mille
protestations d'amitié. Ce jeune
homme, brûlant du désir de prouver au général qu'il ne l'a pas flatté
d'un vain espoir, le quitte pour
aller trouver ceux sur lesquels il
compte pour le seconder dans son
entreprise. Tandis qu'il s'occupe
avec zèle de son projet, Flammers
se rend auprès de Rénolde, qui ne
s'attendait pas à cette visite.

« Monsieur l'officier, lui dit-il en
entrant, excusez-moi, si je ne viens

pas vous voir plus souvent; mais quand on a l'honneur de recevoir un des premiers généraux du roi de Danemarck, on ne peut guère disposer de son temps.... Au surplus, je sais que mon fils ne vous néglige point, et je ne puis qu'approuver sa conduite envers vous.

— Je vous remercie, seigneur, de l'intérêt que vous me témoignez... Permettez-moi de vous exprimer combien je suis reconnaissant des soins que j'ai trouvés chez vous.

— Vous étiez malheureux; je devais vous secourir... Mais ce que j'ai fait pour vous ne suffit pas, et je désire profiter de mon crédit auprès du général Vestérolde pour vous tirer d'embarras.

— Il est vrai que ma situation est inquiétante.

— Je le présume;.... mais expliquons-nous.... Vous étiez, m'avez-vous dit, simple lieutenant de cavalerie.

—Oui, seigneur, dans le premier régiment des gardes d'élite.

— Votre armée est entièrement détruite, et presque tout le royaume est au pouvoir des Danois.... Maintenant qu'allez-vous devenir?

— Je n'en sais rien.

— Hé bien! j'ai une proposition à vous faire.....Je veux vous placer avantageusement......Il va se former ici même une légion qui sera à la solde de l'archevêque d'Upsal. Si vous voulez prendre parti dans ce

III. 8

corps, je me charge de vous faire obtenir une compagnie, et même de pourvoir à votre équipement.

—Je vous remercie de vos bonnes intentions, seigneur ; mais, quoique peu fortuné, l'on ne me verra jamais aux gages des oppresseurs de mon pays.

—Quoi ! vous n'avez pas de bien, et vous refusez !.... Que prétendez-vous donc faire ?

—Puisque, grâce à vos soins, beaucoup de nos prisonniers ont obtenu la liberté de se rendre dans leurs foyers, je réclame la même faveur de votre bonté.

—La chose est d'autant plus facile, monsieur, que les Danois ignorent votre séjour au château, et que les habits que vous portez maintenant ne peuvent déceler votre profession.... Ainsi, quand vous le voudrez, vous partirez pour l'Helsingie, où, m'avez-vous dit, votre famille réside. Cependant, restez ici, je vous prie, jusqu'à votre parfaite guérison.

—Je suis pénétré de vos attentions, seigneur; mais j'espère être en état de m'éloigner bientôt..... Croyez que le souvenir de vos bons traitemens ne s'effacera jamais de ma mémoire.

— Je désirerais cependant faire davantage pour vous; mais je devine le motif qui vous arrête..... Vous êtes jeune, monsieur l'officier; votre tête ardente conserve encore des idées de liberté incompatibles avec l'ordre

actuel des choses.... Croyez-moi ;
vous vous repaissez de vaines chi-
mères. Dans la situation où nous
sommes réduits, les gens sages n'ont
d'autre parti à prendre que de se
résigner ; et surtout de ne point se
compromettre.... Il y a eu trop de
sang répandu ; il est temps que cela
finisse. Puisque la Suède n'a plus de
gouvernement, et que Christiern pro-
met une amnistie générale, les Suédois doivent enfin se soumettre à une
autorité qu'ils ne peuvent mécon-
naître plus long-temps sans prolonger leurs malheurs.

— Je sens aussi vivement que vous
la position critique de notre pays;
mais il ne lui resterait nul espoir
de salut, qu'on ne me verrait jamais

faire cause commune avec ses ennemis.... Vous voyez donc bien, seigneur, que je ne puis en conscience
profiter de la protection dont vous
voulez bien m'honorer....

—Allons, je n'insisterai plus ;
mais avant de vous quitter, permettez-moi de me plaindre de vous.—

—En quoi, seigneur, aurais-je
pu vous déplaire?

—Au contraire;..... vos manières m'ont toujours été agréables ;
mais comme mon fils est sans cesse
près de vous, et que, dans le peu
d'instans qu'il me consacre, il manifeste, en présence des Danois,
certaines opinions mal sonnantes à
leurs oreilles, je ne puis attribuer
ses imprudences qu'aux principes

qu'il puise dans votre société.... Je
suis loin de blâmer ses sentimens,
et je vous avoue même que je les
approuve au fond de mon ame; mais
ce jeune fou me fait trembler chaque
fois qu'il s'explique sur les événemens politiques.

— Croyez, seigneur, que votre
fils n'a besoin de l'influence de personne pour fixer son opinion, et que
nul Suédois ne possède une ame plus
élevée que la sienne.

— Oui, oui, j'en conviens; mon
fils a du caractère, mais il n'est pas
prudent.... Vous qui paraissez avoir
quelque empire sur lui, recomman-
dez-lui donc, en mon nom, d'être
plus circonspect.

— Je me ferai un devoir de lui

arler de vos craintes,.... de vos

ésirs.

— Je vous en supplie;.... j'attends

e vous ce service dont je vous saurai

ré.... Adieu. »

CHAPITRE IV.

Ce soir, sur un esquif abandonnant ces bords...
(C. Delavigne, *Les Vêpres*.)

La brigantine
Qui va tourner,
Roule et s'incline
Pour m'entraîner....
(*Le même.*)

C'est un homme qui.... ah! un homme... un
homme enfin.
(Molière, *Tartufe*.)

Le lendemain, dès le matin, Rénolde vit entrer dans sa chambre
Oscar, qui l'aborda en se frottant les
mains.

« Hé bien! général, lui dit-il d'un
air joyeux, préparez-vous.... Nous
partons cette nuit.

—Quoi! déjà?

— Oui! tout est convenu.... J'ai commencé par visiter nos marins : ils veulent tous nous conduire en Uplande, où ils se proposent de prendre part à nos opérations. Quant à nos hommes d'armes, je me suis d'abord adressé à deux jeunes officiers pleins de courage et fort entreprenans.... J'avais lieu de compter sur eux : ils m'ont déjà désigné ceux d'entre leurs camarades que nous pourrons emmener, et dont ils répondent comme d'eux-mêmes : ils sont au nombre de soixante-quinze, sans compter le geôlier du château, homme vraiment Suédois malgré les fonctions qu'il remplit, et que, grâce à la bonté de mon père, il a rarement l'occasion d'exercer. Tous ces

III.

9

braves, à qui j'ai déclaré votre rang
et votre nom, brûlent du désir de
vous voir à leur tête : ils se sont
donné le mot. A minuit ils sortiront,
ainsi que nous, par un souterrain
taillé dans le roc, et dont l'issue
aboutit à la baie où se trouve le
navire sur lequel nous devons nous
embarquer.

— Cher Oscar, tu me rends la vie
une seconde fois.... Viens, viens dans
mes bras,.... reste sur mon cœur,...
excellent jeune homme !..... Dans
mon infortune, que je suis heureux
d'avoir trouvé un ami si zélé !

—Vous pleurez, général?

—Oui, je me sens ému.... Et toi,
Oscar, des larmes brillent aussi dans
tes yeux.

— Ce sont des larmes de joie.

— Comme nos cœurs s'entendent bien !

— Mais remettez-vous, mon général, et pensons à notre grande affaire..... Ce soir, avant l'heure fixée pour notre départ, je vous apporterai des vêtemens convenables,... ainsi que des armes, et vous quitterez ce réduit pour jamais.

— Je me rappellerai toute ma vie les heureux momens que j'y ai passés avec vous.

— Espérons qu'ailleurs nous en passerons bien d'autres ensemble.

— Oui, dans les camps, sur les champs de bataille.

— C'est là que notre liaison se cimentera.

— Elle durera autant que notre vie.

— Nous ne nous séparerons qu'à la mort.

— Oui, oui, nous serons unis jusqu'à la mort.

— Je vous laisse, Rénolde... J'ai tant de choses à faire dans le cours de cette journée! Je dois m'occuper non-seulement de l'approvisionnement de notre navire, mais encore de l'armement et de l'équipement des braves qui vont nous suivre.....
Adieu.... A ce soir..... Comptez sur Oscar.

— A ce soir. »

Quand Frikgell vint, comme à l'ordinaire, panser les blessures de Rénolde, elle témoigna une grande joie

de les trouver entièrement cicatrisées.

« Dieu merci, lui dit-elle, vous
pouvez maintenant vous passer de
mes soins, car vous êtes tout-à-fait
guéri.

— Je n'oublierai de ma vie ce que
vous avez fait pour moi, Frikgell,
et si jamais je suis à même de m'acquitter envers vous, je vous prou-
verai que vous n'avez point obligé
un ingrat.

— Je suis assez payée, jeune
homme, par le plaisir que j'éprouve
de vous avoir été bonne à quelque
chose. C'est un si grand bien pour
moi de pouvoir être utile à des militaires suédois.... Ils sont si braves
et si malheureux !

— Vous avez de bons sentimens, Frikgell !

— Telle chose qui arrive, tel gouvernement que nous ayons, Frikgell ne cessera jamais d'avoir le cœur suédois.

— C'est bien;... malheureusement tout le monde ne pense pas comme vous.

— Ce n'est que trop vrai; mais ceux qui ne tiennent point à leur patrie sont, à mon avis, bien méprisables... Quant à moi, de toute manière je dois voir avec peine les succès de nos ennemis; car si j'ai eu quelques années de prospérité, j'en ai l'obligation à mon fils qui, depuis vingt-cinq ans est attaché, en qualité de secrétaire, à un des premiers membres du sénat. Ce seigneur s'est montré si généreux envers lui, qu'il l'a mis dans le cas de m'acheter la ferme dont j'étais en possession depuis plus de dix ans, et qui a été incendiée par ces brigands de Danois.

— Quel est le sénateur dont vous parlez ?

— Éric Wasa, le père du fameux général Gustave.

— Hé ! j'ai connu votre fils..... Il se nomme Hubner.... C'est un homme fort estimable.

— Oui, oui, je vois que vous le connaissez bien. Ce n'est pas parce que je suis sa mère, mais c'est le meilleur des hommes : fidèle, brave, sensible, et surtout excellent fils....

Et puis comme il est savant ! Dame ,
ça vous à la plume en main..... Il
faut le voir pour le croire.... Mais
ce n'est pas étonnant : son père, qui
était maître d'école dans un gros
bourg, lui avait montré plus qu'il
n'en savait lui-même.

— Je sais, Frikgell, que le seigneur Éric Wasa fait le plus grand
cas de votre fils.

— Je n'ai pas de peine à le croire ;
c'est un si bon sujet.... Ah! si mon
pauvre Hubner savait tout ce qui
m'est arrivé, comme il s'empresse-
rait de venir à mon secours ! Mais je
ne puis recevoir de ses nouvelles :
les Danois coupent toute communication avec la capitale...... Je suis
bien vieille, M. l'officier, hé bien !

si je pouvais revoir mon fils un seul instant, je mourrais contente... Mais où l'avez-vous donc connu ?

— A Stockholm, où j'ai eu plus d'une occasion de me trouver avec lui. »

La bonne vieille s'étendit long-temps encore sur les qualités de son fils : elle entra même dans les plus minutieux détails, tant sur les moindres actions de son enfance que sur quelques traits honorables de sa vie depuis qu'il était attaché au service d'Éric Wasa. Quoiqu'elle ne tarît pas sur cette matière, et qu'elle se répétât souvent dans sa narration, Rénolde avait du plaisir à l'entendre : il lui témoignait même une si grande déférence à cet égard, qu'elle finit

par craindre d'avoir abusé de sa complaisance, et se retira, en le priant
d'excuser son indiscrétion.

CHAPITRE V.

Quels dînés! quels dînés!
(BÉRANGER.)

Par des vents opposés les vagues ramassées,
De l'abîme profond jusques au ciel poussées ,
Dans les airs embrasés agitent les vaisseaux
Aussi près d'y périr qu'à fondre sous les eaux,
D'un déluge de feux l'onde comme allumée
Semble rouler sur eux une mer enflammée ;
Et Neptune en courroux à tant de malheureux
N'offre , pour tout salut, que des rochers affreux....
(CRÉBILLON, *Idoménée.*)

Entendez-vous l'orage ?....
(ANCELOT et SAINTINE, *L'Homme
du monde.*)

VERS le milieu de la journée, on
vit s'avancer dans la direction du
château une cavalcade suivie d'un
certain nombre d'hommes d'armes;

une femme figurait à la tête de cette troupe : c'était la belle Gurithe. Le général Vestérolde, empressé à gagner les bonnes grâces d'une personne protégée par Chistiern, fit aussitôt mettre toute la garnison sur pied pour la recevoir avec les honneurs qu'on ne rendait ordinairement qu'aux gens du rang le plus élevé.

Quant à Flammers, il vola au devant d'elle, l'attendit au-delà du pont-levis, et lui adressa une harangue où il lui débita les louanges les plus outrées.

Lorsqu'elle fut introduite, avec son cortége, au milieu des Danois rangés en bataille, et qu'elle vit que tout avait été disposé pour sa réception, son amour-propre se trouva si flatté qu'elle prit une air imposant de dignité. Elle reçut néanmoins les félicitations du général Vestérolde avec grâce, et donna à plusieurs de ses officiers des marques de considération, tandis que, de son côté, Flammers, qui faisait ses efforts pour lui plaire, ne recueillait de toutes ses prévenances qu'un accueil froid et presque dédaigneux. Cette différence si remarquable provenait de la prédilection de Gurithe pour les dévastateurs de son pays, et de son éloignement pour ses compatriotes. Oscar, indigné de l'orgueil de cette femme et de l'abaissement de son père, se retira en manifestant, par ses murmures et

par ses gestes, combien l'arrivée de
ces nouveaux hôtes lui causait de répugnance.

Quant à Norbert, qui se tenait
auprès de Gurithe, il jouissait du
triomphe de sa sœur, et même s'at-
tribuait une part dans les honneurs
dont elle était l'objet. A l'imitation
de cette femme si vaine, il se donnait des airs de grandeur, et témoignait peu d'égards pour le maître
du château.

Cependant celui-ci le conduisit,
ainsi que Gurithe, au logement qui
leur était destiné : il les quitta après
leur avoir annoncé qu'ayant été pré-
venu de leur arrivée, il avait fait
préparer un repas splendide pour
les recevoir, et qu'il les ferait aver-

tir au moment de se rendre dans la salle du festin. Il alla ensuite au quartier dans lequel, d'après ses ordres, son intendant venait d'installer les hommes d'armes de Gurithe : il leur fit distribuer des rafraîchissemens, et pourvut à leurs besoins.

Quand il rentra dans son appartement, il fit venir son fils, lui témoigna le chagrin que sa nouvelle imprudence lui causait, et lui recommanda de se contenir, pendant le dîner, en présence du général danois, et surtout de la haute et puissante dame qui venait d'arriver. Oscar, quoique obsédé des instances de Flammers, lui répondit que, dans la crainte de lui déplaire et d'irriter

aucun des convives; il se contente-
rait de les mépriser, et s'abstien-
drait même d'ouvrir la bouche.
Après cette promesse qui tranquil-
lisa son père, il s'éloigna pour aller
continuer les préparatifs de sa fuite.

Tandis que Gurithe faisait les
apprêts de sa toilette, pour assister
au festin avec éclat, son frère qui,
de son côté, changeait de vêtemens,
pour y paraître avec décence, était
entre les mains de son valet qu'il
traitait avec la plus grande fami-
liarité.

«Hé bien! Panork, lui dit-il, comment me trouves-tu sous cet élégant
costume?

— A merveille, mon cher maî-
tre... En vérité, vous avez l'air d'un

rince... Ce justaucorps de velours
rné de fourrures si précieuses,
ette ceinture si artistement brodée,
ette épée dont la poignée est enri-
hie de diamans, ce magnifique bril-
nt et ce superbe panache qui or-
ent votre toque, tout cela est d'un
oût exquis...... Le roi de Dane-
arck, que nous avons vu pendant
uinze jours de suite, ne s'est jamais
ontré à nos yeux avec autant de
xe.

— Que veux-tu, mon ami, quand
fortune vient nous trouver, tu
nviendras qu'on serait bien dupe
né pas profiter des avantages
u'elle nous offre..... Ces diamans,
tte épée, je tiens tous ces objets de
générosité de Christiern.

III.   10

— Il est vrai que ce monarque
vous a accueillis de la manière la
plus distinguée... Dame! votre sœur
a tant d'esprit; elle est si adroite,
si séduisante, qu'elle n'a eu qu'à
paraître devant lui pour gagner ses
bonnes grâces... Je crois qu'il n'eut
pas fait une meilleure réception à
un ambassadeur du pape... Ah! ah!
qu'il se passe de drôles de choses
dans la vie !

— Que signifie, Panork, cet ac-
cès de gaieté ?

— Je ris de souvenir... Je me rap-
pelle le moment qui m'a décidé à
entrer à votre service. Ah ! ah ! j'y
penserai long-temps, je vous en ré-
ponds. Il me semble vous voir
ainsi que votre sœur, sous le fro-

de moines en prières aux pieds de cette pauvre Marie si grièvement blessée..... Hé! hé! moi qui devais vous servir de guide jusqu'au monastère de Gripsholm, je me tenais, en attendant que vous eussiez fini vos *oremus*, à l'entrée de la tente d'où je pouvais vous voir. J'étais si touché de la ferveur avec laquelle vous invoquiez le Ciel pour la fille de Tobern, que je me sentais prêt à pleurer... Ah! ah! quand nous nous mîmes en route, je croyais escorter deux saints; mais à peine eûmes-nous fait un quart de lieue que le chéval de votre sœur broncha; voulant éviter une chute, elle fit un mouvement pour se retenir : mais son capuchon tomba sur ses épaules,

sa barbe postiche se dérangea, et
que vis-je alors? Le plus beau visage de femme qui se fût jamais
présenté à ma vue..... Hé! hé! La
drôle d'aventure!....

—Certes! elle ne l'eût pas été pour
nous, si tu eusses continué à appeler à ton aide les trois cavaliers qui
venaient de passer près de nous. Heureusement, ils ne t'ont point entendu,
car ton projet était bien de nous
faire arrêter; mais, coquin, la vue
de l'or que nous t'offrîmes te fit
changer tout à coup de dessein, et
loin de nous desservir, tu as protégé
notre fuite.

—Je pense que j'ai été bien ins-
piré, car je n'étais qu'un pauvre
diable accablé de misère, et main-

tenant, grâce à votre générosité, mon sort est bien différent.

— Il était de notre devoir de récompenser ton zèle ; car depuis cette époque, tu t'es attaché à notre destinée. Obligés de nous cacher sous les plus grossiers vêtemens, tantôt dans de misérables chaumières, souvent dans le fond des forêts, quelquefois même dans de profondes cavernes, c'est toi qui as toujours pourvu à nos besoins ; c'est également par tes soins que nous sommes parvenus à passer en Danemarck, où nous avons trouvé un si puissant appui auprès de Christiern. D'après de tels services, mon ami, tu peux compter que je prendrai soin de ton sort.

—Si les promesses que vous ne cessez de me faire se réalisent, je dois un jour parvenir à quelque chose.

—Hé! pourquoi pás?.... Tu ne manques ni d'adresse, ni d'intelligence, ni d'activité : avec cela, on arrive à tout, quand on est servi par les circonstances; et comme il est certain que, par la protection de l'archevêque d'Upsal, je puis désormais prétendre au plus haut degré de fortune, tu peux, de ton côté, ambitionner quelque poste avantageux. Va, sois tranquille ; je saurai bien te lancer dans le monde.

—Qui! moi!... Je ne m'abuse pas;....l'obscurité de ma naissance ne me permet pas d'espérer de grandes faveurs.

—Que dis-tu, Panork? Tu n'ignores pas que mon père n'était qu'un simple barbier de Calmar, et cependant tu vois que je suis sorti de l'état que j'avais été obligé d'embrasser pour vivre.

—Ah! vous!.... c'est bien différent : cela s'explique; vous avez prospéré, parce que votre sœur a eu du bonheur; mais moi qui n'ai pour sœur qu'une malheureuse villageoise, restée veuve à quarante ans avec cinq enfans en bas âge, je n'ai aucune ressource de ce genre.

—Cela ne fait rien; l'essentiel est d'avoir des protecteurs... Je vais te

citer un exemple à l'appui de ce
que j'avance.... Tu as vu, à la cour
de Danemarck, le primat de ce
royaume?

— Qui? Théodore Beldenake, le
confesseur du roi, et son premier
ministre?

— Lui-même; hé bien! apprends
que cet homme si puissant, si fier,
exerça d'abord la profession de mon
père.

— Comment?.... Vous plaisantez,
seigneur.

— Je dis la vérité : Beldenake,
protégé par Sigebritte, maîtresse de
Christiern, passa tout d'un coup des
fonctions de barbier de ce prince à
la dignité d'archevêque de Lunden.... Ainsi, vois jusqu'où peut

nous conduire la protection des femmes (1).

— En ce cas, je dois donc me ménager celle de votre sœur..... Vous pouvez compter que mes ef-

---

(*) L'archevêque de Lunden avait beaucoup de part dans la confiance de Christiern : c'était un homme de basse naissance, sans instruction, et même sans habileté : mais savant dans l'art d'inventer de nouveaux plaisirs, et qui en connaissait également tous les secrets et les assaisonnemens : il était redevable de sa faveur et de son élévation à Sigebritte, maîtresse du roi : elle l'avait d'abord introduit à la cour pour lui servir d'espion : il passa ensuite tout d'un coup, par le crédit de cette femme, de la fonction de barbier du prince à la dignité d'archevêque, et il se maintint en la faveur en présentant à son maître des plaisirs qu'il savait accommoder à son goût.

(*Voyez l'histoire des révolutions de Suède*, par l'abbé de Vertot.)

III. II

forts tendront constamment à me la
rendre favorable.

— Tu n'auras pas de peine, car
elle est fort bien disposée pour toi. »

Cependant l'heure du dîner ayant
sonné, les convives se rendirent dans
la salle du festin, où ils trouvèrent
Flammers qui leur fit une grâcieuse
réception, et les conduisit dans une
pièce voisine. Il les invita à s'asseoir,
en attendant l'arrivée du général
Vestérolde, retenu chez lui pour
prendre connaissance d'un message
qui lui était parvenu à l'instant
même.

Tandis que ces personnes réunies
se font des félicitations réciproques,
et que la belle Gurithe est l'objet des
plus vaines adulations, Oscar se tient

à l'écart, dans l'embrasure d'une fenêtre donnant sur la mer. Ses regards, qui s'étendent sur l'élément auquel il va confier le destin de tant de braves, sont tout à coup effrayés à l'aspect des vagues qui s'agitent avec fureur. Un vent de nord, accompagné de terribles rafales et de pluie, souffle avec violence, et les flots se brisent avec fracas contre les rochers qu'ils couvrent de leur écume. Ce spectacle porte le trouble dans l'ame du jeune homme : il s'inquiète vivement sur les suites de cette tempête, et craint qu'en se prolongeant pendant la nuit prochaine, cette circonstance ne mette un obstacle insurmontable à l'exécution de ses desseins.

Il est tout à coup distrait de ses sombres réflexions par l'arrivée de Vestérolde: chacun se lève à l'aspect du général, qui tient encore à sa main les dépêches qu'on vient de lui remettre.

Excusez-moi, je vous prie, de vous avoir fait attendre, dit-il, en s'adressant principalement à Gurithe et au maître du château; mais il s'agit d'une affaire d'une haute importance. Je viens de recevoir la nouvelle de l'évasion de Gustave Ericson de la forteresse de Calloé. On m'annonce qu'il doit sa délivrance à trois personnes qui ont trouvé le moyen de s'introduire dans sa prison, et qu'on a de fortes raisons pour croire que cette entreprise a été

exécutée par la femme même du prisonnier et une jeune fille, dégui-
sées toutes deux en porte-balles, et
secondées par un homme qui a mis
la plus grande adresse dans sa conduite. Ce message porte en outre
l'ordre de s'assurer, non-seulement
de la personne de Gustave partout où
on le rencontrera, mais encore de
tous les individus qu'on pourrait
soupçonner d'avoir favorisé son évasion. »

Cette nouvelle inattendue trouble
la joie de la plupart des assistans.
Gurithe et son frère en parlent surtout avec amertume; connaissant les
conditions imposées à Banner, ils
trouvent que Christiern ne devrait
pas se borner à lui faire payer une

rançon pour l'évasion d'un prisonnier de cette importance, et que s'il n'y a pas trahison de la part de ce seigneur, il s'est au moins rendu coupable d'une négligence qui mérite un châtiment rigoureux.

Oscar ne peut entendre de tels discours de sang-froid : ses traits expressifs annoncent une fureur concentrée ; une rougeur subite lui monte au visage, et le murmure est déjà sur ses lèvres. Flammers, qui lit dans les yeux de son fils l'indignation dont il est suffoqué, vient lui serrer la main, en le regardant d'un air suppliant.

« Sois prudent, lui dit-il à voix basse..... Songe à ta promesse.....

— Qu'ils me font souffrir !

— Oscar, écoute la raison.....
Ah ! mon ami, et moi aussi, je
suis contrarié de les entendre.....
Et, faut-il te le dire, je ne suis pas
fâché d'apprendre que Gustave soit
libre !... Mais, chut !... silence !...
surtout ne nous faisons point remarquer.

—Allons, allons, mon père,... je
me tais : soyez tranquille. »

Cependant le général Vestérolde
offre la main à Gurithe, et la conduit vers la table qui vient d'être
servie. Tandis qu'il s'assied auprès
d'elle, tous les convives prennent
leurs places : Oscar se trouve entre
son père et Norbert. Dans le cours
du festin, la conversation roule principalement sur Gustave, et sur les

moyens qu'on a pu employer pour le faire évader.

Tandis que le plus grand nombre forme diverses conjectures à ce sujet, Norbert fait part de ses réflexions sur cet événement à Oscar, qui ne lui répond que par monosyllabes, et d'un air distrait : il est doublement tourmenté, car tandis qu'il entend des paroles qui blessent ses oreilles, il éprouve une cruelle anxiété ; le temps devient sombre de plus en plus ; le vent souffle si impétueusement que les fenêtres en sont ébranlées, et qu'une pluie mêlée de grêle, d'éclairs et de tonnerre, fouette à grand bruit contre les vitraux de la salle. Ses craintes, que partagent tous ceux qui ont

pris la résolution de fuir avec lui,
redoublent en voyant l'orage augmenter d'une manière aussi effrayante. L'ouragan, qui se prolonge long-temps encore, fixe à son tour l'attention de la plupart des convives, parmi lesquels plusieurs saisissent cette occasion pour faire le récit de leurs voyages sur mer et des dangers qu'ils ont courus.

Vers la fin du repas, Norbert ramène la conversation sur les événemens politiques, et surtout sur Gustave, contre lequel il se déchaîne avec fureur.

« Voilà le plus dangereux de nos ennemis, dit-il...... Faut-il que Christiern l'ait épargné quand il le tenait en son pouvoir! Mais il ne

vives se lèvent, à l'exception d'Oscar.

« Hé bien ! jeune homme , dit Norbert, prenez donc votre coupe.

— Non, je n'ai pas soif.

— Quelle humeur !.. Mais voyons comme il agira... Buvons , reprend-il à haute voix , à la santé de notre digne monarque , du vainqueur de la Suède.

— Au légitime souverain des trois royaumes ! dit Vestérolde.

— Au dépositaire des foudres de l'Église ! ajoute un des convives.

— Au maintien du traité de Calmar ! continue un colonel.

— A la mort de Gustave ! s'écrie un major.

— Au retour de la paix ! reprend Flammers !

— Au triomphe de la religion! dit Gurithe.

— A l'extermination de tous les Suédois rebelles! reprend Norbert.»

Tandis que plusieurs autres santés sont portées tour à tour, Oscar, profondément humilié, se tient la tête penchée entre ses mains : il ne sait s'il doit faire éclater son indignation ou s'affranchir de la contrainte qu'il éprouve en s'éloignant de ce lieu.

« Je pense, continue Norbert, que voici le moment de célébrer la gloire de Christiern: c'est un hommage bien doux à remplir pour des sujets fidèles.... Écoutez-donc le *Chant de Victoire des Danois.* »

Il se fait le plus grand silence,

et Norbert chante les paroles suivantes :

Dites-moi quelle est cette armée !
Soldats d'hier, que voulez-vous ?
Est-ce la Suède ranimée
Qui marche au devant de nos coups ?
Que son sang rougisse la terre !
Nous, vainqueurs encore une fois,
Tirons le glaive au noble cri de guerre :
Gloire aux Danois !

Pendant ce premier couplet, Oscar, sans quitter son siége, lève audacieusement la tête, fixe sur le chanteur des regards pleins de feu, et témoigne sa colère par un affreux grincement de dents.

Norbert continue :

Suède, quand sur nous tu t'élances,
Tu cours à tes derniers destins :

Nous ôtons le fer de nos lances ;

Nous t'attendons dans les festins ;

Car nous avons vaincu naguère

Moins armés que dans nos tournois ;

Et tu fuiras à ce seul cri de guerre :

Gloire aux Danois !

Ce second couplet à peine achevé, le jeune Suédois se lève furieux, et chante avec énergie ce qui suit :

Enivrez-vous ! buvez sans crainte !

Mais la Suède qui vous entend ,

A la porte de cette enceinte

Viendra frapper dans un instant ;

Je vois déjà son cimeterre

Etinceler sur son pavois....

Or écoutez : — voici son cri de guerre :

« Mort aux Danois ! »

« Quelle audace ! s'écrie Norbert.

—Ce jeune homme est-il fou? demande Vestérolde.

—Il est hors de lui, ajoute le colonel.

—Oscar, reprend Flammers d'un ton sévère, hâtez-vous de désavouer de tels sentimens.

—Qui! moi? plutôt mourir.

—Hé bien! retirez-vous, et ne reparaissez jamais devant mes yeux. Je vous renie pour mon fils.

— Malgré l'amour et le respect que j'ai pour vous, mon père, j'aime mieux m'exposer à votre colère que d'avoir plus long-temps à rougir et pour vous et pour moi.... Adieu. »

Au milieu de la rumeur que cette scène occasione, des cris d'alarme partant de la baie située au bas du

château, frappent tout à coup les
oreilles des convives. Ils quittent
précipitamment la table pour cou-
rir aux fenêtres, qu'ils s'empressent
d'ouvrir, et sont témoins d'un spectacle terrible : une barque démâtée
lutte contre la tempête : elle contient
six personnes qui, par leurs cris et
leurs gestes, implorent l'assistance
des gens qu'ils aperçoivent sur le
rivage. Au même instant un furieux
coup de vent lance la barque contre
les rochers, et la brise avec fracas.
Ceux qu'elle portait sont entraînés
par les vagues; mais les marins de
la côte se précipitent dans leurs chaloupes, volent au secours des naufragés, et, après maints efforts, parviennent à les sauver tous. Malgré

III.   12

le péril dont ils viennent d'être délivrés, quatre de ces infortunés trouvent la force de franchir le rivage,
mais les deux plus jeunes, privés de l'usage de leurs sens, restent
entre les mains de leurs sauveurs.
On les transporte aussitôt dans l'intérieur du château, où ils sont suivis
de leurs compagnons d'infortune. On
les introduit tous les six dans une
salle basse, et les gens de Flammers
sont appelés pour leur procurer les
secours que leur situation réclame.
Frikgell, qui entre la première, reconnaissant son fils parmi les naufragés, jette un cri, et se précipite
dans ses bras. A peine goûtent-ils la
joie de se retrouver ainsi l'un près
de l'autre, que la salle se remplit

non-seulement de tous les convives, mais encore d'une foule d'officiers et de soldats.

« Que vois-je ? s'écrie Norbert en examinant les traits de Marie, c'est la fille de Tobern !

— Oui, c'est elle, dit Gurithe, je la reconnais;... et l'autre, qui est également privée de l'usage de ses sens, serait-ce aussi une femme ?

O surprise ! s'écrie Vestérolde, c'est l'épouse de Gustave !

— Ma mère ! ma mère ! s'écrie Hubner glacé de terreur, nous sommes perdus.

— Mon fils, tu me fais frémir.

— Oui, reprend le général, malgré l'état où elle se trouve, je ne puis m'y méprendre, c'est bien la princesse Léonie !... J'eus l'occasion de la connaître quand j'accompagnai l'évêque de Wibourg à Stockholm... Voilà donc les auteurs de l'évasion de Gustave..... O bonheur! ils sont entre mes mains. Gardes, conduisez-les dans la tour du château.

— Général, dit Flammers, permettez-moi de vous faire observer que ces deux femmes sont encore sans connaissance, et qu'il y aurait de la cruauté....

— Qu'on se hâte d'obéir aux ordres du roi.... Quant à ces femmes, on peut les secourir en prison aussi bien qu'ailleurs.

— Mais, seigneur, reprend le cousin d'Hubner, ni moi ni mes fils que vous voyez n'avons participé en rien à tout ce qui s'est passé.

« — Silence..... vous répondrez, quand on vous interrogera... Allons, soldats, qu'on les entraîne!

« — Arrêtez, s'écrie Frickgell;.... laissez-moi mon fils... A peine ai-je pu l'embrasser... Hubner! Hubner!

— Ma mère, quel coup funeste!

« — Mon fils! mon fils!.... Quoi! barbares, vous l'arrachez de mes bras.

— Adieu, ma mère. »

Frikgell, répoussée brutalement, jette un cri, et s'évanouit : on la porte dans son logement, où l'infortunée expire aussitôt de douleur. Les naufragés sont conduits en prison : Hubner, son cousin et ses fils, chargés de chaînes, sont impitoya-

blement jetés dans un affreux cachot. Quant à la femme de Gustave
et à Marie, elles sont traitées avec
plus d'égards : transportées dans une
chambre voisine de l'endroit où sont
enfermées leurs compagnons d'infortune, elles reçoivent les soins de
deux servantes auxquelles le général
a donné l'ordre exprès de ne répondre à aucune des questions qui pourraient leur être adressées.

CHAPITRE VI.

Nous laisserez-vous, enfin? c'est un supplice
de vous voir.

(Beaumarchais, *La Mère coupable*, Act. v.)

Prenons d'abord l'air bien méchant.

(Marsollier, *Adolphe et Clara.*)

Les femmes, chargées de soigner
es prisonnières, s'empressèrent de
es déshabiller, et de les mettre dans
n lit garni de couvertures. Tandis
ue l'une d'elles faisait sécher les
êtemens de ces infortnuées, l'autre
eur faisait respirer des sels : ces
oins furent efficaces, car bientôt les
eux de Léonie se rouvrirent à la
umière.

« Où suis-je? s'écrie-t-elle en regardant autour d'elle... Que vois-je? Dieu! elle n'est pas morte!.... Marie, chère Marie, ajoute-t-elle en la pressant sur son cœur, entends la voix de ton amie! »

Au même instant, Marie revient à elle : dès qu'elle peut distinguer les traits de Léonie, elle pousse un cri de joie, et se jette dans ses bras. Partageant la même inspiration, elles remercient toutes deux le Ciel de la conservation de leurs jours. Puis, cherchant à se rendre compte de ce qui leur est arrivé depuis l'instant fatal où elles ont été englouties dans les flots, elles interrogent les deux servantes qu'elles voient auprès d'elles. Mais comment peindre l'impression que leur cause le silence obstiné de ces femmes!.... Celles-ci cependant, touchées de compassion, tâchent, par leurs gestes et leurs signes, de leur faire comprendre tout ce qui s'est passé; mais, malgré l'expression de leur physionomie et l'intelligence dont les captives sont douées, une foule de choses leur échappe. C'est en vain qu'elles continuent à les questionner; elles n'obtiennent aucune réponse. Seulement elles comprennent qu'Hubner et les trois autres naufragés ont été sauvés, mais qu'ils sont dans les fers, et cette nouvelle leur arrache de douleureux gémissemens.

« Quel malheur ! s'écrie Léonie....

Hé quoi ! ceux qui ont affronté pour moi tant de périls, sont victimes de leur dévouement !.... Cette idée déchire mon ame.

— Mais, reprend Marie, où sommes-nous donc ?.... Ces sombres voûtes ;.... cette fenêtre grillée ;.... cette porte garnie d'énormes verroux, et dans laquelle se découpe un guichet carré.... Grand Dieu ! on nous a conduites en prison !

— Hélas ! il n'est que trop vrai.... Quel est donc le sort qui nous attend ici ?.... Peut-être sommes-nous au pouvoir de nos ennemis.... Oui, Marie, nous sommes perdues !.... Tiens, lis dans les regards de ces femmes ; ils expriment la pitié.... Vois-tu ? elles versent des larmes....

Les sanglots qu'elles ne peuvent retenir en notre présence ne nous présagent que des malheurs !

—Ah ! madame, s'écrie la plus jeune des servantes, je n'y puis plus tenir; vous me déchirez le cœur.... Apprenez que....

—Silence, ma fille, s'écrie à voix basse la plus âgée.... Oublies-tu que nous sommes surveillées par le plus inexorable des geôliers.... Crains de nous compromettre. »

Au même instant le guichet s'ouvre avec fracas, et une figure dure et ignoble se montre à travers le grillage.

« Par la mort ! crie le geôlier d'une voix effrayante, l'une de vous vient de parler aux prisonnières....

Oublie-t-on, morbleu, la défense
expresse du général Vestérolde?

— Le général Vestérolde! s'écrie
Léonie avec effroi.

— Taisez-vous, femmes, ou re-
doutez la punition de votre désobéissance. »

Puis laissant les servantes dans la
consternation, il referme le guichet.

« Quel concours d'événemens! dit
Léonie à la fille de Tobern; celui
dont nous venons d'entendre prononcer le nom est un général danois que j'eus l'occasion de voir
à Stockholm. Il accompagnait l'é-
vêque de Wibourg, lors de son
ambassade auprès de Sténon. Selon
les apparences, nous sommes dans le

château au pied duquel nous avons fait naufrage, et ce lieu est occupé par les troupes de Christiern.

—Hélas ! le général Vestérolde vous aura reconnue.

—Qu'allons-nous devenir ?

—Affreuse perspective !

—Pauvre Marie !.... Tu as voulu me suivre.... Tu vois où t'a conduite ton attachement pour moi. Je t'ai entraînée dans un abîme de maux. Dieu ! que je m'en veux d'avoir cédé à tes instances !

—Quoi ! vous regrettez de m'avoir associée à votre glorieuse entreprise !.... Vous me faites injure, Léonie.... Ne me plaignez point ; n'ai-je pas eu le bonheur de contribuer à sauver votre époux ?

— Précieuse amie !.... Mais puisque d'aussi nobles sentimens t'ani-
ment, je ne puis douter que tu n'i-
mites mon exemple. Le général Vestérolde ne peut tarder à se rendre
en ce lieu; sachons lui imposer par
notre contenance ! Que les agens de
l'odieux Christiern apprennent qu'il
est des femmes qui savent braver les
tyrans !....

— Reposez-vous sur moi, chère
Léonie; Marie se montrera digne de
vous. »

Elles s'empressent de reprendre
leurs vêtemens à peine séchés, et,
malgré l'anxiété qui les tourmente,
elles attendent avec résignation la
suite de ces événemens.

Bientôt le bruit des verroux qu'on

tire avec force se fait entendre; la porte roule sur ses gonds, et le geô-lier paraît.

« Femmes, dit-il aux deux ser-vantes, venez; les prisonnières n'ont plus besoin de vous.... Sortez d'ici : si vos services leur redeviennent né-cessaires, on vous rappellera; allez.

Elles se hâtent d'obéir; mais avant de s'éloigner, elles se rangent de côté pour laisser passer le général Ves-térolde qui entre, donnant la main à une dame, et suivi de plusieurs personnes.

« Que vois-je? s'écrie Marie.... Gurithe!.... Norbert!.... ô ciel! faut-il que ces infâmes s'offrent en-core à ma vue !

— Quoi ! dit Léonie, c'est là cette

femme atroce qu'on avait cru ense-
velie sous les ruines de Stecka !....
Voilà son digne frère dont on avait
annoncé la mort !.... Dieu ! que je
plains la Suède, puisque de tels
monstres ont survécu à leurs for-
faits.

— Quelle audace ! dit Norbert ;
elles osent nous insulter !

— Vil assassin ! s'écrie Marie,
viens-tu contempler ta victime ?

— Je vous l'avais dit, madame,
reprend le général : en venant les
visiter, vous vous exposiez à entendre leurs plaintes amères ;.... mais
vous l'avez exigé, peut-on vous refuser quelque chose ?

— J'étais loin de penser qu'elles
eussent déjà repris l'usage de leurs

ens; mais puisqu'elles sont en état
le nous comprendre, je veux leur
aire connaître le sort que Christiern
eur réserve.

— Que peut-on nous apprendre,
s'écrie Léonie? ne savons-nous pas ce
que nous devons attendre de ce tyran? S'il ordonne notre mort, nous
la recevrons sans pâlir; mais qu'il
tremble lui! Gustave est libre; il
sera notre vengeur.

— Les insensées! au lieu d'implorer leur grâce, elles se répandent
en invectives.

— Que parles-tu de grâce? Nous
n'en demandons point. Jamais nous
ne nous abaisserons à solliciter la
pitié d'un monarque qui nous inspire autant de haine que de mépris.

— Général, vous venez d'entendre : le délire de cette femme est au
comble. Je ne puis endurer plus long-
temps ses insolens discours..... Oui,
vous aviez raison ; je n'aurais pas dû
me rendre ici : touchée de leur infortune, je n'ai pu résister au sentiment
de compassion qui me dominait malgré moi, et j'avais même pensé à
faire une démarche en leur faveur ;
mais leur arrogance me fait renoncer
à ce dessein. Que dis-je ? Je vais m'occuper sans relâche du soin d'accélé-
rer l'instant de leur supplice.

— Retire-toi, continue Léonie,
et cesse d'ajouter, par ta présence,
à l'horreur de notre situation.

— Venez, madame, reprend Vestérolde, abandonnez ces captives à

elles-mêmes; elles ne tarderont pas
à sentir l'imprudence de leur conduite à l'égard d'une personne dont
le crédit auprès du roi pouvait leur
être utile. »

Gurithe, avant de s'éloigner, re-
commande au geôlier de traiter les
prisonnières avec la plus grande rigueur. Pour l'engager à remplir son
désir, elle lui donne une bourse qu'il
reçoit en promettant de remplir exac-
tement ses intentions.

« Mon amie, s'écrie Léonie en vo-
lant dans les bras de Marie, maintenant que nous sommes délivrées de
leur odieuse présence, consolons-nous
de nos maux.... Mais, quoi !.... des
larmes inondent ton visage!.... Ah !
je conçois ta douleur ;.... pour nous,

plus d'espoir de salut;.... il faudra
bientôt nous séparer pour jamais !
Ah ! malheur à moi ! c'est moi qui
t'ai perdue !

— Léonie, chère Léonie, que dites-vous ? pourquoi vous tourmenter
ainsi ? Je ne crains pas la mort.
A-t-on peur de mourir quand on a
l'ame pure comme nous !

— Cher ange, embrasse-moi !..

— Ah ! c'est ici mon dernier refuge !.... Léonie, quelle énergie je
puise dans vos bras !.... Oui, je suis
prête à marcher au supplice.......
Mais quel bruit se fait entendre ?...
On vient.....

— C'est encore notre affreux geôlier...... Qui peut causer ce prompt
retour ?

— Peut-être son empressement à emplir les vœux de Gurithe. »

Le geôlier, après avoir déposé un panier sur une table, fait signe aux captives de regarder ce qu'il contient. Quelle est leur surprise en voyant des mets apprêtés avec soin, du pain blanc, des fruits et un flacon de vin.

« Chut ! dit le geôlier d'une voix mystérieuse et en mettant le doigt sur sa bouche :..... point de questions !..... tenez-vous prêtes à quitter ce vilain cachot..... Adieu ; à ce soir, avant minuit ! »

Il se retire, laissant les prisonnières dans une étrange situation : elles ne peuvent se rendre compte de la conduite de cet homme qui leur a d'abord paru peu disposé en leur faveur.

Cependant, à force de tirer des conjectures sur ses intentions, elles se persuadent enfin qu'on travaille à leur délivrance, et se décident à réparer leurs forces épuisées, en prenant les alimens que le panier renferme.

—Dans la joie que leur cause l'espoir dont on vient de les flatter, elles adressent des actions de grâce au Ciel, comme si elles avaient déjà recouvré leur liberté, et passent le reste de la journée dans les tourmens de l'attente.

CHAPITRE VII.

Jà tout est prêt. . . . . . .
. . . .
. . . . . On part, on est parti.

Il est toujours bien avec le pouvoir.....
(C. Delanoue, *Maio de Bari.*)

Le sage dit, selon le temps :
« Vive le roi! — Vive la ligue! »
(Lafontaine.)

Il était près de minuit : la mer qui, pendant le jour, avait été si orageuse, était devenue calme; néanmoins, quoique les vents se fussent entièrement apaisés, les nuages qui obscurcissaient encore le ciel rendaient la nuit sombre. Les matelots dévoués à Oscar, brûlant de s'éloi-

gner du rivage, comptaient les instans, et même plusieurs d'entre eux
témoignaient hautemennt leur impatience de mettre à la voile.

« Chut ! leur dit le capitaine....
Imprudens ! gardez-vous d'élever la
voix.... Avez-vous oublié que les
Danois qui sont en faction là haut
sur ces remparts peuvent vous entendre, et ne vous a-t-on pas re-
commandé le plus profond silence ?

— C'est vrai, capitaine, répond
l'un d'eux à voix basse; mais, nous
ne voyons venir personne, et cela
nous donne des inquiétudes.

— Patience !.... nos amis ne tarderont pas à nous rejoindre.

— Cependant l'heure fixée va sonner, reprend un autre matelot, et

nous n'apercevons encore aucun mouvement.

«—Soyez donc tranquilles, vous dis-je? Oscar ne peut manquer à sa parole.... Surtout qu'aucun de vous ne s'avise d'ouvrir la bouche, même quand le général Rénolde arrivera parmi nous.... Vous savez la consigne : elle vous défend de proférer un mot avant que notre bâtiment ait pris le large.... Mais regardez.... la porte du souterrain s'ouvre;.... enfin voilà nos gens.... Silence ! »

Oscar et les braves qu'il a engagés dans son entreprise, sortent successivement du souterrain; ils se glissent sans bruit le long des rochers dont la cime domine la baie, s'em-

barquent dans les deux chaloupes
où ils sont attendus, et abordent au
navire. Un homme, d'une hante sta-
ture, enveloppé d'un manteau, et la
figure à moitié cachée sous un bon-
net de poil, passe au milieu des matelots pour se rendre à la chambre
du capitaine où le conduit Oscar.

« C'est lui! c'est le général! di-
sent les matelots.

—Oui, c'est Rénolde, répondent
plusieurs hommes d'armes. »

Un geste du capitaine leur impose silence, ils n'attendent plus que
le signal du départ; mais une des
chaloupes retourne vers le rivage
pour prendre encore à son bord
ceux qui doivent compléter le nombre des fugitifs.

Cependant Léonie et sa jeune amie attendaient le moment de leur déli-vrance avec anxiété : ayant passé la soirée dans une obscurité profonde, et n'entendant aucun mouvement dans la pièce voisine, leurs ames étaient alternativement en proie à la crainte et à l'espérance.

« Quel tourment que l'attente, dit Léonie!.... Pourvu toutefois que notre espoir ne soit point trompé!

— Patience, mon amie, reprend Marie; dans un instant, nous se-rons délivrées.... Tenez; écoutez.... Il me semble entendre des pas....

— Tu crois?.... mais, non, tu te trompes.....Le bruit qui frappe nos oreilles est causé par le vent.

— Je ne puis croire que ce geôlier nous ait abusées... Quel intérêt aurait-il?...

— Que sait-on? C'est peut-être une épreuve ordonnée par nos persécuteurs, pour augmenter nos tourmens.

— Cependant, malgré son air farouche, cet homme m'a paru de bonne foi..... « *Point de question!* nous a-t-il dit : *tenez-vous prêtes à quitter ces lieux..... Adieu..... à ce soir,... avant minuit.* »

— Oui, ce sont ses propres paroles;.... mais cela ne m'empêche pas de trembler.....

— Rassurez-vous, Léonie... D'ailleurs, pourquoi se désespérer?..... L'heure indiquée n'est pas encore sonnée.... Tenez,.... cette fois-ci,

j'entends bien des pas qui se diri-
gent vers ces lieux..... Mon Dieu !
protége-nous.

—Ciel! vient-on à notre secours? »

Elles entendent bientôt le mouvement des verroux qu'on tire douce-
ment: la porte s'ouvre; le geôlier,
tenant une lanterne sourde, s'avance
vers les captives. Elles veulent lui
exprimer leur reconnaissance; mais
il met le doigt sur sa bouche, et leur
fait signe de le suivre. Après avoir
traversé la pièce voisine, il les conduit à l'entrée d'un cachot dont la
porte est ouverte. Elles en voient
sortir Hubner, son cousin et ses fils,
tous armés de sabres et de pistolets.
A leur aspect, il leur échappe quelques paroles de satisfaction, mais

un geste itératif du geôlier leur impose silence, et tous suivent leur sauveur et leur guide, sans faire le moindre bruit. Après avoir parcouru plusieurs corridors, on descend dans une petite cour, au bout de laquelle est pratiquée l'entrée du souterrain taillé dans le roc : c'est par cette issue que les fugitifs sortent du château. Ils se trouvent enfin sur le rivage : la chaloupe les conduit à bord du vaisseau : au même instant minuit sonne : on donne le signal du départ : les voiles sont déployées : on lève l'ancre : le vent est favorable, et le navire cingle vers la pleine mer.

Comment peindre les transports des deux amans, ceux de Léonie, d'Hubner et de ses parens, quand Oscar les réunit dans la chambre du capitaine! Jamais ivresse de joie ne fut plus vivement sentie. Néanmoins cette transition subite de la plus grande infortune à un bonheur inespéré, faillit être funeste à Rénolde et à l'objet de son amour. Le général dont les forces étaient épuisées par suite de ses blessures, éprouva une grande faiblesse, et ne revint à lui qu'à l'aide des soins les plus empressés..... De son côté, Marie, effrayée de l'état de son amant, s'avanouit : mais, secourue avec le même empressement, elle ne tarda pas à rependre ses sens.

Oscar aurait dû ménager cette surprise avec plus d'adresse : il lui

eût été facile d'amener cette entrevue, avec moins de précipitation;
mais, jeune, sans expérience, il
avait suivi l'impulsion de son cœur:
il se promettait une si grande jouis-
sance d'un spectacle aussi doux! il
était si pressé de réunir les heureux qu'il avait faits !

Le lendemain, quand on s'aperçut au château de la fuite d'Oscar et
de la délivrance des prisonniers,
les Danois donnèrent un libre cours
à leur indignation : elle était si
grande qu'ils voulaient massacrer
Flammers. Mais le général Vestérolde, persuadé de son innocence,
l'arracha des mains de ces furieux,
et le prit sous sa protection.

Quant à Gurithe et à Norbert, dés-

spérés de ces événemens, ils sem-
blaient approuver les excès auxquels
es soldats de la garnison s'étaient
portés envers Flammers.

Celui-ci, lorsque l'agitation des
Danois fut apaisée, se consola d'a-
voir été exposé à leur violence, en
pensant à l'avenir.

« Je viens, se disait-il, d'être
bien maltraité..... Ces misérables
Danois en voulaient à ma vie.....
Mais, maintenant que le danger est
passé, je ne suis pas fâché d'avoir
été en butte à leur brutalité... Je ne
suis pas mécontent non plus du parti
que mon fils vient de prendre, parce
que si un jour les Suédois repre-
naient le dessus, ce qui est dans
l'ordre des choses possibles, tout ce

III. 15

qui vient de se passer me servirait auprès du nouveau chef du gouvernement... Oui, sans doute, et je lui af-
firmerais, par les plus grands sermens, que c'est d'après mes conseils qu'Oscar s'est déclaré contre
les ennemis de notre patrie...»

CHAPITRE VIII.

Vous demandez des fers? je vous donne la mort!
(Jouy, *Sylla.*)

Rome n'ose combattre et Rome se veut libre!...
Vous libres? — Non, jamais! le fer pèse à vos mains;
Vous n'osez pas mourir.... vous n'êtes pas Romains.
(G. Drouineau, *Rienzi.*)

Souffre, ô cœur gros de haine! affamé de vengeance!..
Toi, vertu! pleure, si je meurs!....
(André Chénier.)

Gustave, depuis son départ précipité de Calmar, était devenu l'objet des perquisitions des Danois. Informés de ce qui lui était arrivé dans cette ville, ils avaient mis beaucoup de troupes en campagne pour l'arrêter. Il fut contraint de reprendre ses habits de paysan, et de passer ainsi déguisé au milieu de ses ennemis.

Après avoir couru mille dangers, il parvint heureusement en Suder-manie, où il trouva un asile dans le château de Refnas, que son père pos-sédait dans cette province. De là il écrivit à ses amis pour leur faire part de son retour en Suède, et pour les prier de se rendre auprès de lui avec ce qu'ils pourraient armer de leurs vassaux. Il avait le projet de se mettre à leur tête, et de forcer quelques quartiers de l'armée des Danois, pour se jeter dans Stockholm; mais il ne trouva personne qui vou-lût s'engager dans un dessein aussi téméraire. Ses parens même refusè-rent d'entretenir avec lui une corres-pondance.

Ce n'étaient plus ces mêmes Suédois si fiers, si jaloux de leur liberté. Tout ployait sous le joug de la domination danoise. Chacun s'appliquait à éloigner de soi jusqu'au moindre soupçon de révolte, content de sa propre sûreté, et presque indifférent au salut de l'État.

L'infortuné Gustave, trouvant tant de faiblesse dans ses amis, s'adressa aux paysans de sa province. Il espérait que ces gens, naturellement féroces, et qui n'avaient rien à craindre ni à espérer de Christiern, embrasseraient son parti avec ardeur. Il parcourut d'abord la nuit plusieurs villages pour gagner les principaux, et s'exposa même à la fin jusqu'à paraître en public les jours de fête.

Il exhortait chacun à se soulever.
Mais ces gens, rebutés de la guerre,
où la plupart avaient perdu leurs
parens et leurs amis, lui répondi-
rent brutalement qu'ils ne manqueraient jamais de sel ni de harengs
sous le gouvernement du roi de Danemarck; mais qu'ils ne pouvaient
manquer de périr s'ils tentaient
le moindre soulèvement contre un
prince si puissant (1).

(1) *Voyez l'histoire des révolutions de Suède*,
par l'abbé de Vertot. Suivant Archenholtz, auteur
de l'*Histoire de Gustave Wasa*, les Danois, malgré
la disette qui régnait dans leur camp, étaient abon-
damment pourvus de sel et de harengs; ils en firent
distribuer avec profusion parmi les habitans de la
campagne; cette générosité politique leur réussit
d'abord. Les paysans reconnaissans, changèrent de
sentiment à l'égard de Christiern; ils cessèrent même

Gustave, profondément affecté d'avoir échoué dans cette entreprise, ne savait quel parti prendre, ni même où se retirer. Il n'y avait de sûreté pour lui en Suède qu'à la tête d'une armée. Les Danois le cherchaient toujours avec empressement, et il ne pouvait demeurer long-temps dans un même lieu, ni changer aussi souvent de retraite, sans s'exposer à être découvert et arrêté.

Dans cette extrémité, il prit la résolution de se rendre seul à Stockholm, au péril de sa vie, espérant que sa présence fortifierait le cou-

de considérer comme leur ennemi celui qui les traitait en père, et ne pensèrent qu'à jouir tranquillement de ses bienfaits.

rage des bourgeois de la garnison,
et que la résistance de cette capitale
engagerait peut-être les villes anséa·
tiques à la secourir.

Il partit du château de Refnas
sans faire part de son dessein à personne, marcha plusieurs jours par
des chemins détournés, et ne logea
que dans des cabanes écartées, de
peur d'être reconnu. Mais les Danois avaient mis tant de monde à sa
recherche, qu'il pensa d'être surpris plusieurs fois.

Gustave, se voyant poursuivi de
toutes parts, revint sur ses pas
par une autre route, et resta caché
dans une ferme, où, pour éviter d'ê-
tre découvert, il fut obligé de travailler aux champs.

CHAPITRE IX.

La révolte vaincue enfante l'esclavage.
(LESGUILLON, *Mazaniel*.)
Quoi ! les assassiner sans pitié, sans courage !
(C. DELAVIGNE, *Les Vépres*.)

CHRISTIERN, impatient de jouir de ses conquêtes et de se montrer victorieux à la Suède, passa enfin dans ce royaume. Il fut reçu par l'archevêque d'Upsal et par les autres prélats avec toute la joie que leur donnait le succès de leurs desseins. Trolle se flattait surtout que ce prince n'aurait pas plus tôt achevé de soumettre la Suède, qu'il lui en remettrait le gouvernement.

Le premier soin du roi de Da-

nemarck fut de ratifier solennellement le traité d'Upsal, et comme s'il
n'eût manqué que cette formalité
pour le rendre véritablement roi de
Suède, il fit sommer la veuve de
l'administrateur et le gouverneur de
Calmar de faire leur capitulation.

Le gouverneur fit son traité sans
attendre seulement qu'il fût assiégé;
il n'en coûta que de l'argent à Christiern pour être maître de cette
importante place qui était, après
Stockholm, le port le plus considérable de la Suède. Le roi en donna
le commandement à Séveren Norbi,
gouverneur de l'île de Gothland et
amiral de Danemarck. Ce prince
comblait ce seigneur de bienfaits,
en retour de la complaisance aveu-

gle que celui-ci avait indifférem-
ment pour toutes ses volontés, dans
un temps où les sénateurs de Danemarck et les premiers seigneurs de
ce royaume croyaient être en droit de
dire leur avis, et même de s'opposer
à celui du prince, quand ils ne le
trouvaient pas conforme au bien de
l'État.

La veuve de l'administrateur fit
paraître plus de courage que le
gouverneur de Calmar : elle fit dire
à Christiern qu'elle ne pouvait reconnaître pour son souverain l'ennemi de son pays et de sa maison,
ni déférer aux résolutions d'une assemblée composée de traîtres et de
rebelles, et où les ennemis mêmes
de la nation avaient dicté la loi.

Christiern voyant, par la fermeté de cette réponse, qu'il n'y avait que ses armes qui le pussent rendre maître de Stockholm, fit marcher de nouvelles troupes pour en former le siége, tandis que sa flotte s'avança, sous la conduite de Norbi, pour fermer le port de cette ville. Le roi poussa le siége avec une ardeur et une application que lui donnait l'espérance de se voir bientôt maître de cette capitale et de tout le royaume : il était jour et nuit à cheval : il encourageait les soldats et les officiers par son exemple, et par ses libéralités : il ne se passait pas de jour qu'il ne visitât la tranchée et les travaux les plus avancés : il s'exposait comme le moindre de ses soldats, et ce qui lui était encore plus difficile, il retenait son humeur violente : cachant avec soin la haîne qu'il portait aux Suédois, il caressait même les seigneurs de ce royaume , pour les empêcher de prendre les armes et de se déclarer en faveur de la veuve de l'administrateur.

Cette princesse, qui s'était retirée dans le château de Stockholm, fit la plus belle défense; les soldats de la garnison, animés par sa présence, et les bourgeois encouragés par leurs succès lors du premier siége, soutenaient les attaques des Danois avec une valeur extraordinaire. Ils ne manquaient ni de courage ni de résolution; mais ils com-

mencèrent à manquer de vivres et
de munitions de guerre, et la ville
était serrée de si près par les armées de terre et de mer de Christiern, qu'ils ne pouvaient espérer
aucun secours, quand même les
Suédois ou leurs alliés eussent pris
les armes en leur faveur.

Le roi de Danemarck apprit de
quelques transfuges, et avec une
joie extrême, l'état de la ville. Il savait qu'il ne serait jamais véritablement roi de Suède, tant qu'il ne
serait pas maître de cette place, et
il craignait toujours que Gustave,
dont il ne pouvait découvrir la retraite, ne fît soulever quelques provinces; que les villes anséatiques,
à la persuasion de ce seigneur, ne

lui déclarassent la guerre, et qu'elles n'attaquassent le Danemarck, pour l'obliger à abandonner la Suède.

Il fit sommer de nouveau la veuve de l'administrateur de lui ouvrir les portes de Stockholm. Il fit représenter à cette princesse qu'elle s'opiniâtrait à une défense inutile; qu'il était maître de tout le royaume; que ses troupes, logées au pied des murailles, n'attendaient que ses ordres pour livrer l'assaut; qu'il serait fâché qu'elle fût exposée aux suites funestes de la prise de Stockholm, et que les États d'Upsal l'ayant reconnu, par un traité solennel, pour souverain de la Suède, une plus longue résistance passerait justement pour une rébellion d'autant plus criminelle, qu'elle se trouvait à la tête d'un parti excommunié par le pape.

Il lui fit offrir ensuite de lui conserver ses biens, et le même rang qu'elle avait tenu du vivant de l'administrateur. Il lui promit en outre que les prisonniers seraient relâchés, et que la ville de Stockholm jouirait de tous ses priviléges.

Christine n'écouta ces propositions qu'avec une extrême répugnance. On ne quitte guère sans peine la souveraine puissance; mais on ne la quitte jamais qu'avec désespoir lorsqu'on est contraint de la céder à son ennemi. La veuve de l'administrateur n'ayant ni troupes à opposer ni secours à espérer, se détermina enfin, sur l'avis de son conseil, à traiter avec le roi de Danemarck.

Les consuls et les magistrats de Stockholm dressèrent les articles de la capitulation. Ils la firent aussi avantageuse pour cette princesse que l'état de ses affaires le pouvait permettre (1).

Christiern ne disputa point sur les conditions, certain qu'une fois maître de la ville, il serait à même de donner des explications au traité suivant ses intérêts. Il signa la capitulation, entra dans Stockholm à

---

(1) Ce dernier revers n'eut rien d'humiliant pour Christine : cette princesse montra beaucoup d'habileté et de courage, mais elle manqua de munitions.

(*Mémoires historiques* de l'abbé Raynal.)

la tête de ses troupes d'élite, et y laissa une forte garnison.

Ce prince convoqua les États généraux de Suède pour le mois suivant, et fixa au même temps la cérémonie de son couronnement. Il dispersa ensuite la plus grande partie de son armée dans les principales places du royaume, afin de contenir toutes les provinces sous son obéissance. Il laissa, pendant son absence, le commandement des troupes à Norbi, et confia le gouvernement de l'État à l'archevêque d'Upsal.

Il renvoya en Danemarck le général Othon, qui lui était devenu suspect par l'éclat de ses victoires, et par l'affection de tous les soldats;

et il se hâta de repasser lui-même dans ce royaume, à la tête de ce qu'il avait d'étrangers dans son armée, français et allemands, sur les avis pressans qu'il reçut que sa présence était nécessaire à Copenhague pour empêcher le peuple de se révolter.

Ce prince avait effectivement besoin du succès et de la réputation de ses armes, pour contenir les Danois sous son obéissance. Le peuple, devenu plus hardi par son absence et par l'éloignement de ses troupes, refusait avec opiniâtreté de payer les nouveaux impôts qu'il avait établis : tout le monde se plaignait du gouvernement ; on blâmait hautement son entreprise, et même

on publiait qu'il avait été encore
une fois battu en Suède, sans autre
fondement néanmoins que le désir
qu'on en avait. Le sénat et les principaux seigneurs de ce royaume,
loin de s'oposer à ces mouvemens,
entretenaient eux - mêmes le mécontentement du peuple. Ils souf-
fraient impatiemment que Christiern s'arrogeât une autorité immo-
dérée, et qu'il prétendît régner sans
leur faire partager son pouvoir; ce
qui augmentait surtout leur ressentiment, c'est que ce prince n'usur-
pait l'autorité absolue que pour la
déposer entre les mains de Sigebritte.

C'était une Hollandaise déjà âgée,
et qui, sans naissance ni beauté,

était arrivée, par sa seule habileté,
jusqu'à se faire aimer éperduement
de Christiern. Sigebritte le gouver-
nait avec un empire absolu, et faisait, à elle seule, le destin de la
cour et de tout le royaume : rien ne
résistait au crédit de cette femme :
elle donnait et ôtait les charges et
les dignités, sans égard pour les lois
du pays, selon son caprice : elle entreprenait même souvent des choses
injustes, simplement pour manifes-
ter l'étendue de son pouvoir; mais,
telle chose qu'elle entreprît, malgré
son âge et ses défauts, Christiern ap-
prouvait toujours sa conduite, et se
faisait gloire d'être le premier ministre de ses volontés (1). C'était par

(1) *Histoire des révolutions de Suède*, par l'abbé

le crédit de cette femme que Guri the et Norbert avaient trouvé dans Christiern un si zélé protecteur.

Le prompt retour de Christiern, qui revenait triomphant de la Suède, surprit et dissipa les mécontens : chacun cacha ses sentimens avec soin ; on feignit d'accueillir avec joie le retour et les conquêtes du tyran, et il reçut de ses sujets ces applaudissemens qui, lorsqu'ils ne sont pas la récompense de la vertu, sont un témoignage de servitude.

Les ministres, toujours flatteurs, et qui se pressaient de parler suivant le goût et les inclinations de Christiern, disaient, dans le conseil

de Vertot. *Histoire de Gustave Wasa*, par Archenholtz.

secret, qu'il était de sa politique de s'assurer des principaux seigneurs suédois; qu'il devait surtout abolir le sénat du royaume vaincu s'il voulait conserver ses conquêtes; que c'était un corps jaloux et ennemi de l'autorité royale; qu'il n'y avait pas un sénateur qui ne fût prêt à se mettre à la tête de la première rébellion, dans l'espérance de parvenir à la dignité d'administrateur, qui, depuis quelques années, semblait être la récompense des chefs de révoltés; qu'il fallait se défaire des seigneurs qui étaient considérables dans les provinces par leurs biens, ou par leur crédit sur le peuple, et ne laisser dans ce royaume que ceux qui, par leur condition, étaient destinés

à cultiver la terre et à payer le tri-
but au prince.

Sigebritte, de son côté, représenta
en particulier à Christiern que sa
victoire serait imparfaite, et l'avenir
douteux et incertain tant que sub-
sisteraient ses ennemis; que les sénateurs et les principaux de ce royaume
étaient ses ennemis jurés; qu'il devait assurer sa victoire et achever de
vaincre, en faisant périr des gens
qui n'étaient que trop criminels par
le pouvoir où ils étaient encore de se
révolter; et que, pour se mettre entièrement en repos, il ne devait pas
même épargner ceux des Suédois qui
avaient montré le plus de chaleur
pour ses intérêts; que la jalousie
seule du gouvernement entre le

clergé et la noblesse avait mis les évêques dans son parti; mais que ces prélats seraient les premiers à prendre les armes et à se révolter, s'il touchait à leurs priviléges, ou s'il entreprenait de régner sans leur ministère.

Les conseils inhumains de cette femme étaient entièrement conformes au goût de Christiern, dont l'humeur violente et cruelle ne pouvait souffrir ni puissance ni liberté dans ses sujets. Ce prince pensait tirer uniquement son autorité de son élévation au trône de Suède et non des lois de l'État. Il prétendait que sa volonté seule devait être la règle du gouvernement. Résolu à immoler à la sûreté de sa conquête tout le sénat suédois et les plus grands seigneurs de ce royaume, il chercha un prétexte spécieux pour justifier une action aussi cruelle. Il ne pouvait, sans des motifs puissans en apparence, faire périr un si grand nombre de personnes de qualité qui venaient de se donner à lui sous la foi d'un traité solennel.

Sigebritte lui conseilla de confier cette exécution à des officiers de la garnison de Stockholm, qui, sous prétexte de quelques différens qu'il ferait naître entre les soldats et les bourgeois de la ville, engageraient peu à peu la querelle plus avant, et feraient ensuite main basse dans les principales maisons; mais ce moyen lui parut difficile et même

dangereux : les bourgeois de Stockholm étaient nombreux et aguerris ;
ils pouvaient avoir l'avantage sur la
garnison, et tailler en pièces les soldats danois dans la chaleur du tu-
multe ; et cette circonstance pouvait
donner le signal d'une révolte dans
tout le royaume.

Christiern aima mieux se servir
du prétexte de l'excomunication, et
faire revivre l'affaire de l'archevêque d'Upsal, pour soutenir toujours la même conduite ; et ne laisser
transpirer que l'intention d'exécuter
la bulle du pape contre les ennemis
de ce prélat.

Il resta encore quelque temps en
Danemarck à donner les ordres né-
cessaires pour prévenir les mouve-

mens qui pourraient arriver en son
absence. Il congédia, d'une manière
barbare, les troupes françaises, à la
valeur desquelles les Danois devaient la meilleure partie du succès
de leurs armes en Suède : il leur
refusa non seulement ce qu'il leur
devait de leur solde, mais il ne voulut pas même leur faire donner les
vivres qui leur étaient nécessaires,
ni leur fournir des vaisseaux pour
retourner dans leur patrie. Ces infortunés, manquant de tout, se virent contraints de se disperser :
quelques uns prirent parti parmi
les danois : d'autres périrent de
faim et de misère, ou furent égor-
gés par ces derniers : un très-petit
nombre eut le bonheur de se sauver,

et d'arriver en France dans l'état le plus déplorable.

Christiern se disposa ensuite à repasser en Suède, afin de se trouver aux États qu'il avait convoqués pour la cérémonie de son couronnement. Sigebritte lui conseilla de se faire accompagner par deux membres du sénat danois, afin d'autoriser, par leur présence, la cruelle exécution qu'il méditait, et même pour rejeter sur ses ministres, après l'événement, tout ce qu'une action aussi cruelle pourrait avoir d'odieux.

Ce prince choisit Slaghœf et Beldenake : c'étaient ces mêmes prélats auxquels il avait fait adresser la bulle d'excommunication que Léon x avait fulminée contre l'administrateur ; gens dévoués à la cour, et qui n'étaient considérés que parce que Christiern voyait en eux les ministres de ses passions.

Christiern s'embarqua pour la Suède, suivi de toute sa cour. Sigebritte ne fut point du voyage, soit qu'elle craignît de s'exposer à la raillerie des seigneurs suédois, qui plaisantaient souvent sur la passion extravagante de ce prince, soit que ce dernier eût trouvé plus à propos de la laisser, en son absence, à Copenhague, pour veiller sur la conduite du sénat.

Christiern, en arrivant en Suède, reçut un ambassadeur de l'empereur, qui lui apportait l'ordre de la Toison d'Or, et qui venait le féliciter de la part de son maître sur ses conquêtes, et sur la réusite de tous ses projets. Charles-Quint entrait dans les intérêts du roi de Danemarck avec une chaleur que la seule alliance ne produit guère entre les potentats. On prétend que ce prince, le plus ambitieux de son siècle, n'avait accordé la princesse sa sœur à Christiern qu'à condition que celui-ci le reconnaîtrait pour son successeur aux couronnes du Nord, en cas qu'il mourût sans enfans. Ce prince, qui avait rêvé la monarchie universelle, considérait cette succession comme une portion importante des immenses États sur lesquels il espérait étendre sa domination. On sait assez que ce projet insensé fut

toujours son idole, et que cette chi-
mère de la souverainté de l'Europe
a même passé dans sa maison et à
ses successeurs.

CHAPITRE X.

Tue, tue! la saignée estaussi bonne au mois
d'août qu'au mois de mai!
   (*Paroles de* GASPARD DE TAVANNE *dans*
   la nuit de la St.-Barthélemi.)

..... Et incessamment criait : « Tuez, tuez !
     (BRANTÔME.)

« Le corps d'un ennemi mort sent toujours
bon. »
    (VITELLIUS et CHARLES IX.)

CHRISTIERN, pour couvrir son usurpation d'une apparence de légiti-
mité, voulut se faire élire solennellement : s'étant assuré d'avance des
suffrages, il convoqua, à cet effet, le
sénat dans un couvent de Stockholm, où il fut élu par vingt séna-

teurs séculiers et cinq ecclésiastiques.

Trois jours après, il fit assembler
le peuple sur le Brunkenberg, qu'il
avait eu soin de faire entourer de
troupes. Beldenake monta dans une
tribune, et s'efforça de prouver que,
suivant les lois de saint Eric, Christiern était l'héritier légitime de la
couronne. Il demanda au peuple si son
intention était de le reconnaître en
cette qualité. Personne n'ayant osé
le contredire, l'archevêque procla-
ma Christiern roi de Suède, et toute
l'assemblée prêta le serment de fidélité.

Le jour de son couronnement, ce
prince jura, sur les Évangiles et sur
les reliques des saints, qu'il conser-

verait inviolablement les lois, les priviléges, et les coutumes du royaume; et pour confirmer solennellement cette promesse, il comunia des mains de l'archevêque Gustave Trolle.

Cependant il commença par donner l'ordre de chevalerie à quelques officiers généraux danois et allemands; mais il ne fit cet honneur à aucun seigneur suédois (1) : il voulut aussi que les Danois occupassent

(1) Quelques seigneurs suédois s'étant plaint de cette préférence, Christiern répondit qu'il ne fallait pas qu'ils s'étonnassent s'il ne leur donnait pas encore des marques d'une entière confiance. « Il y a si peu « de temps, ajouta-t-il, qu'ils ont mis bas les armes, « qu'il y aurait de la témérité à les récompenser avant « de connaître leurs dispositions. »

(*Histoire de Suède de* Pufendorff.)

les places d'honneur dans les céré-
monies de cette auguste journée, et
qu'ils jouissent seuls de l'avantage
de porter la couronne, le sceptre, la
pomme et l'épée impériale.

Il traita magnifiquement pendant
trois jours, dans le château, tous les
seigneurs qui se trouvaient à Stockholm, et se montra si obligeant à
l'égard des Suédois, que tout le
monde était entièrement satisfait de
sa conduite. Mais il ne tarda pas à
découvrir ses pernicieux desseins
aux Danois qui étaient dans sa confi-
dence. Il leur fit part de la résolution
qu'il avait prise d'exterminer en
même temps les principaux seigneurs
de Suède, pour se venger, disait-il,
de toutes les séditions qu'ils avaient

excitées, et pour empêcher ainsi le
peuple de tenter à l'avenir aucune
nouveauté, faute de chefs et de généraux.

Ce dessein plut extrêmement aux
Danois; mais, pour avoir quelque
prétexte spécieux, on remit sur le
tapis l'affaire de l'archevêque d'Upsal, et la démolition de la forteresse
de Stecka, comme si les prétendus
coupables eussent seulement obtenu
le pardon du roi, et non celui de
Léon x, qui n'avait pourtant prononcé d'autre peine, par sa bulle,
que le rétablissement de Stecka et
une amende de cent mille ducats.

Gurithe et son frère, qui s'étaient
rendus à Stockholm pour assister au
couronnement de Christiern et au

triomphe de Trolle, se montraient
les plus acharnés à la perte des sénateurs. S'étant concertés avec les
lâches courtisans dont Christiern
était entouré, ils inventèrent une
atroce calomnie pour perdre ces infortunés Suédois. Ils les accusèrent
d'avoir mis de la poudre à canon
dans plusieurs salles du palais, afin
de faire périr le roi, et conseillèrent
à ce prince d'ordonner sur-le-champ
leur supplice comme coupables de
haute trahison; mais Christiern, redoutant les suites d'un pareil conseil, rejette cette proposition plutôt
par prudence que par humanité.
Tremblant de voir échapper ses victimes, il accusait déjà ses conseillers
du peu de ressources de leur imagi-

tion, lorsque Slaghœf ouvrit un avis
qui obtint l'approbation générale.

« Pourquoi, dit-il, chercher si
loin un prétexte ou une excuse à la
chose la plus juste et la plus simple?
Christiern, en réprimant les rebelles
par la force de ses armes, combat-
tait-il uniquement pour lui? Non,
sans doute : il était le vengeur du
Saint-Siége offensé. Comme roi, ou
comme homme, qu'il suive les mouvemens de son cœur généreux, et
qu'il pardonne à ses ennemis, je ne
puis qu'approuver et admirer tant
de vertus; mais comme dépositaire
des foudres du Vatican, il ne saurait,
sans crime, détourner les coups qui
doivent frapper et anéantir les coupables. Je le plains; mais ma con-

science m'ordonne de lui rappeler ses engagemens et ses devoirs. »

L'assemblée applaudit à la force de ces raisonnemens, et l'avis de Slaghoef fut adopté d'une voix unanime. Il ne manquait plus qu'un accusateur : Trolle se chargea avec empressement de ce rôle infâme.

Lorsque tout fut préparé pour cette scène fatale, ce prélat, accompagné de ses parens et de ses créatures, se présenta en pleine assemblée devant le roi, comme il en était convenu secrètement avec ce prince. Il lui demanda justice non-seulement contre le défunt administrateur, mais encore contre les sénateurs et autres seigneurs du royaume qui l'avaient forcé de renoncer à sa

dignité, et avaient fait raser la forteresse de Stecka, patrimoine de
l'Église.

Christiern se défendit en apparence de connaître d'une affaire qui
regardait, disait-il, les commissaires
du pape. Il renvoya l'archevêque aux
deux prélats danois à qui la bulle de
Léon x avait été adressée, et protesta
qu'il ne se réservait que le soin d'exécuter leur ordonnance, conformé-
ment à cette bulle et aux intentions
du souverain pontife.

Les deux prélats danois, ministres
vendus au tyran usurpateur, deman-
dèrent d'abord qu'on fît venir Christine, pour qu'elle rendît compte de la
conduite du prince Stéhon. Ce n'é-
tait guère l'usage qu'une femme fût

obligée de répondre pour son mari
en matière d'affaire d'État, sur quoi
ordinairement les femmes sont peu
consultées; cependant Christiern l'o-
bligea de se rendre au milieu de l'assemblée.

La princesse y parut avec une
contenance modeste et assurée tout
ensemble; elle voulut d'abord se défendre de répondre devant les commissaires du Saint-Père, et pria le
roi de Danemarck de se souvenir des
traités d'Upsal et de Stockholm, par
lesquels il avait juré d'ensevelir tout
le passé dans un entier oubli; elle
conjura ce prince de laisser en repos
les cendres de son mari, et d'avoir
pitié d'une veuve infortunée qui n'a-
vait en partage que ses larmes et sa

douleur. Mais l'inflexible Christiern la renvoya froidement devant les commissaires du pape, sous prétexte que l'affaire de l'archevêque d'Upsal n'avait rien de commun avec les différends qu'il avait eus de son côté avec le défunt administrateur.

Christine, forcée, par la dureté du roi, de défendre la conduite du prince son mari, répondit à la fin, avec beaucoup de courage, que l'administrateur n'avait assiégé l'archevêque et fait raser sa forteresse que par suite d'une ordonnance des États et du sénat; que ce prélat, convaincu de trahison envers sa patrie, avait été jugé selon les formes et les lois du pays, et que son arrêt était encore inscrit sur les registres publics, signé des sénateurs séculiers et ecclésiastiques.

Quoique le roi n'ignorât rien de ce qui s'était passé dans cette affaire, il fit apporter ces registres. On lut publiquement, par son ordre, la sentence de Trolle avec les noms de tous ceux qui y avaient souscrit. Il sortit ensuite de l'assemblée, comme s'il eût voulu laisser la liberté aux commissaires de délibérer; mais en même temps on vit entrer une troupe de soldats de ses gardes, qui arrêtèrent la veuve de l'administrateur, les sénateurs, les évêques mêmes, et tout ce qui se trouvait de seigneurs et de gentilshommes suédois dans le château.

Les évêques danois, commissaires

du pape, se hâtèrent d'instruire leur procès, comme à des hérétiques, et comme s'ils eussent été dans un pays soumis à l'inquisition; mais Christiern, trouvant la procédure trop lente au gré de ses désirs, et redoutant un soulèvement en faveur de ceux qu'il voulait perdre, leur envoya Norbert et des bourreaux, sans autre formalité, pour leur annoncer qu'il fallait mourir.

Le moment fatal où tant d'innocentes victimes allaient être sacrifiées à l'ambition du barbare Christiern étant arrivé, le son des trompettes se fit entendre : les hérauts d'armes proclamèrent dans les rues l'expresse défense aux habitans de sortir de la ville et l'ordre de se te-

nir enfermés dans leurs maisons,
sous peine de la vie. Toute la garnison prit les armes, et l'on mit sur la
grande place plusieurs pièces de canon tournées contre les principales
rues qui y aboutissaient. Rien n'a-
vait encore transpiré de ce qui s'é-
tait passé au palais. Le peuple, in-
quiet, faisant peu de cas de l'ordre
qui lui enjoignait de se tenir dans
les maisons, parcourait les rues en
se demandant les raisons qui pouvaient nécessiter des mesures si sé-
vères, lorsque, vers midi, s'ouvri-
rent les portes du château, et paru-
rent, au milieu des soldats, les plus
illustres personnages du royaume,
conduits par des bourreaux, qui
avaient à leur tête l'infâme Norbert.

Comment peindre ce qui se passa dans le cœur des malheureux habitans de Stockholm? Les uns, glacés d'effroi, détournaient la tête, et cherchaient à s'arracher à cet horrible spectacle; les autres, animés par la colère et le désir de la vengeance, voulaient se précipiter sur les bourreaux, et leur enlever ces augustes victimes. Les femmes, les vieillards, les enfans faisaient retentir l'air de leurs gémissemens : c'était un époux, un fils, un père, un frère, un bienfaiteur dont on déplorait la perte, et dont on demandait la grâce au Ciel. Les farouches soldats, l'œil attentif aux moindres mouvemens du peuple, opposaient la force aux plus mutins, et regardaient avec indifférence ceux qui se désespéraient.

Ce triste cortége, composé de quatre-vingt-quatorze personnes, parmi lesquelles se trouvaient l'archevêque de Licoping, les évêques de Skara, de Strengnas, les sénateurs et les premiers magistrats de la ville, parcourait lentement les rues qui conduisaient à la grande place.

Ces malheureux, couverts des mêmes habits qu'ils portaient lorsqu'ils se rendirent au palais, et revêtus des insignes de leurs dignités, marchaient enchaînés deux à deux. On poussa la barbarie jusqu'à leur refuser des confesseurs; ils furent privés, dans ces tristes momens, de l'assistance secourable de l'amitié qui rassure et console toujours le faible, ébranle et convertit quelquefois l'esprit le plus fort. Il semblait que Christiern trouvât un raffinement de vengeance à étendre son ressentiment jusque sur les choses de l'autre vie. Des gens condamnés par le pape, et jugés comme hérétiques, devaient, selon lui et d'après l'interprétation d'indignes ministres des autels, être voués aux flammes éternelles.

Malgré l'appareil affreux dont ils étaient entourés, la sérénité, compagne fidèle de l'innocence, régnait sur le visage de ces infortunés. Quand ils arrivèrent au pied de l'échafaud, le peuple ne pouvant plus retenir son indignation, tenta un mouvement pour les sauver. Les Danois se précipitèrent sur la foule, et sans égard pour le sexe, ni pour l'âge, égorgèrent tout ce qui se trouva sous leurs mains.

Mathias Lilie, évêque de Strengnas, qui le premier avait reconnu Christiern, fut, par reconnaissance, exécuté le premier; après lui Vincentius, évêque de Skara. Ce dernier harangua le peuple au nom de ses compagnons d'infortune, et lui recommanda de venger un jour leur mort. Le plus vieux des bourgmestres, ainsi que quelques autres, voulut aussi parler au peuple, mais les soldats firent un si grand bruit avec leurs armes, qu'il fut impossible d'entendre les paroles qu'il

prononça. Grégorson, chancelier du
royaume, Éric Wasa, père de
Gustave, les sénateurs, les bourgmestres, les magistrats, les seigneurs, les plus riches bourgeois de
la ville, appelés suivant le rang
qu'on leur avait désigné, présen-
tèrent leur tête sous le fatal cou-
teau; la place n'offrit bientôt plus
aux regards effrayés qu'une mare
de sang sur laquelle nageaient des
cadavres, et s'agitaient des bourreaux.

A ces horreurs, commises au nom
de la justice, se joignirent celles
que se permirent des hommes empressés de saisir cette occasion d'exercer leurs vengeances particulières.
Ici les parens, les amis, les domes-

tiques des condamnés, ainsi que des
citoyens qui avaient paru mécontens du gouvernement danois, furent pendus, sans aucune espèce de
formalité, à des potences dressées à
la hâte. Là, des femmes, des filles,
qui n'avaient pu retenir leurs larmes,
furent cruellement fustigées par la
main de l'exécutenr.

Le chavalier Mœns Jœnsson, ayant
eu l'imprudence de déplorer publiquement les malheurs de sa patrie,
fut d'abord crucifié et ensuite écar-
telé : quand on l'eut descendu de
croix, on le mutila. Au milieu des
souffrances de ce cruel supplice, il
ne cessa d'exhorter le peuple à la
vengeance. Les Danois, pour mettre
fin aux imprécations qu'il exhalait

contre eux, lui fendirent le ventre,
et lui arrachèrent le cœur.

Les cadavres restèrent deux jours
et deux nuits sur la place publique,
et devinrent la pâture des chiens
dévorans et des oiseaux carnassiers.
L'implacable Christiern, non content d'exercer sa vengeance sur les
vivans, l'étendit jusque sur les morts :
il fit déterrer le cadavre de Sténon,
comme indigne, disait-il, de la sé-
pulture chrétienne, par l'excommunication qu'il avait encourue : il fit jeter
son corps parmi ceux des autres victimes immolées à sa rage (1). Ce mons-

_____

(1) Quelques relations particulières assurent que
Christiern, après avoir fait déterrer le corps de l'administrateur, voulut se donner la cruelle satisfaction

tre poussa la barbarie jusqu'à venir se promener sur la place, trempant ses pieds dans le sang, et se récréant de l'abominable spectacle de ces corps mutilés. Il défendit, sous peine de la vie, d'en enlever aucun : il semblait que son intention fût de réduire le peuple au plus affreux désespoir. Ce ne fut que le troisième jour, lorsque l'air fut infecté par l'odeur de ces cadavres, qu'il les fit porter hors de la ville, et brûler sur des bûchers enduits à cet effet de poix et de goudron.

de le voir, et qu'il poussa la férocité jusqu'à se jeter dessus et le mordre.

(*Mémoires historiques* de l'abbé Raynal.)

Pufendorff prétend que le corps de Sténon fut mis en morceaux, et envoyé dans les provinces, pour inspirer une terreur générale.

L'évêque de Licoping échappa à la mort d'une manière inattendue : au pied de l'échafaud, il supplia Norbert d'aller dire au roi qu'il trouverait sous le cachet et le sceau de ses armes, qu'il avait apposés à l'acte de déposition de l'archevêque d'Upsal, la preuve manifeste de son innocence.

Chistiern, plutôt par curiosité que par un sentiment d'humanité, leva lui-même la cire du cachet, et trouva en effet un billet dans lequel l'évêque protestait que ce n'était que par la force qu'il souscrivait à la condamnation de Trolle. Le roi parut satisfait de cette protestation , et pour prouver qu'il n'était que le défenseur du Saint-Siége, il fit mettre sur-le-champ le prélat en liberté.

Plusieurs seigneurs s'étaient cachés pour échapper à la mort; le roi, dont la vengeance n'était pas encore assouvie, ordonna que l'on fît les plus grandes recherches dans toutes les maisons de la ville. Les soldats employés à cette expédition se portèrent aux derniers excès : ces barbares, enhardis par l'impunité et l'exemple de leurs maîtres, pillèrent les maisons, violèrent les femmes et les filles, et égorgèrent les pères de famille sur les corps de leurs épouses et de leurs enfans expirans.

Le roi, certain que, malgré tous ses soins, plusieurs de ses ennemis s'étaient encore soustraits à la mort, fit proclamer une amnistie générale.

Loin de s'instruire sur l'avenir par le passé, on eut encore l'imprudence de se fier à cette proclamation ; mais à peine ces malheureux sortirent ils de leurs retraites, qu'ils furent massacrés : ceux que l'on rencontra sur les routes furent renversés de leurs chevaux, et pendus aux potences les plus prochaines.

Christiern, insatiable de sang, avait résolu la mort de la veuve de l'administrateur. Il la fit venir devant lui, et lui donna le choix, ou d'être brûlée, ou d'être noyée, ou d'être enterrée vivante. Mais l'amiral Norbi, qui avait des vues secrètes et de grands intérêts particuliers, insista de telle sorte auprès du roi, qu'il parvint à faire commuer la

peine de mort en une prison perpé-
tuelle, où Christine fut conduite
chargée de fers. Cette grâce ne lui
fut accordée qu'à condition qu'elle
céderait tous ses biens, et qu'elle
passerait le reste de ses jours en
Danemarck. Le tyran menaça aussi
la respectable Sigride, mère de
Christine, de la faire mettre dans
un sac, et jeter à la mer, ce qui
aurait été exécuté, si elle n'eût pa-
reillement racheté sa vie par l'aban-
don de tous ses biens. Elle n'en fut
pas moins mise en prison, ainsi que
Cécile, Amélie, et plusieurs autres
dames de qualité, mères, veuves et
filles des seigneurs qu'on avait fait
mourir.

Les seigneurs de la Finlande

ne purent échapper à l'infatigable cruauté de Christiern, et partagèrent le sort des autres nobles du royaume. Henri Gadde, qui avait été un des premiers à abandonner la cause nationale, à qui même Christiern avait confié le commandement des troupes danoises dans cette province, et dont la trahison lui avait été si utile, fut compris dans cette proscription: à peine fut-il arrivé dans son commandement, que l'ordre y fut donné de le décapiter.

Flammers qui, dès l'arrivée des Danois, s'était empressé de leur ouvrir les portes de son château, ne dut son salut qu'à la fuite. On lui imputait à crime la conduite de son

fils; ses biens furent confisqués, et
pour se soustraire à l'arrêt prononcé
contre lui, il émigra en Allemagne.

Une foule d'autres nobles de toutes
les provinces de la Suède se virent
obligés de prendre la même résolution, ou de se retirer dans le fond
des forêts, pour éviter les persécutions de Christiern, qui ordonna aussi
que tous les paysans du royaume
fussent désarmés, avec la menace de
leur faire couper à chacun un pied
et une main, s'ils osaient encore
remuer.

« Un paysan, disait-il, qui est né
seulement pour la charrue, et non
pour la guerre, devrait se con-
tenter d'une main et d'un pied na-

turel, avec une jambe de bois (1). »

Des assassins furent en outre envoyés par ce prince, avec la mission d'exterminer les parens et même les domestiques de ceux qu'il avait fait mourir; mais la plus grande partie fut sauvée de ce carnage par la protection de l'amiral Norbi. Ce seigneur danois pensait à épouser la veuve de l'administrateur, et à se frayer, par ce mariage, le chemin au gouvernement de la Suède.

Enfin Christiern, voulant voir par lui-même si ses ordres étaient fidèlement exécutés, parcourut le royaume. Dans tous les lieux où il passa

(1) Voyez Pufendorff, l'abbé de Vertot, Archenholtz, et tous les mémoires relatifs à cette époque de l'histoire de Suède.

il fit élever des potences et dresser des échafauds, traces sanglantes, vestiges ineffaçables de cette horrible tournée. A Vadstena, quelques Suédois s'étant permis de se plaindre, furent rompus vifs. A Nydala, il chercha une mauvaise querelle aux principaux citoyens de la ville pour s'emparer de leurs richesses, les condamna à plusieurs années de prison, et fit noyer six de leurs magistrats. Il avait juré une haine éternelle à la famille de Ribbing, et désirait l'éteindre tout-à-fait en immolant jusqu'au dernier de ses rejetons. Après les plus scrupuleuses recherches, il trouva à Licoping deux enfans, restes infortunés de cette illustre famille, dont l'un avait neuf ans, et l'autre

six. L'innocence de leur âge aurait
dû lui inspirer quelque pitié, et l'engager au moins à ne pas aggraver les
horreurs de leur supplice. Ce barbare, au contraire, déploya dans
cette occasion un raffinement inouï
de cruauté. Sur son ordre, on arracha ces malheureux enfans par les
cheveux; ils furent enlevés de terre
jusqu'à la hauteur du bras du bourreau, qui refusa de consommer cette
révoltante exécution, et jeta loin de
lui, avec horreur, le fer destiné à les
frapper. Christiern furieux se serait
peut-être chargé lui-même de l'affreux ministère, s'il n'eût rencontré
un tigre tel que lui, qui se mit en
devoir d'exécuter ses ordres. Ce
monstre, c'était Norbert qui, depuis

quelque temps, jouissait de la faveur
du prince et l'accompagnait partout.
Il décapita les deux enfans, ainsi que
le bourreau qui s'était montré trop
humain.

Tant de crimes, tant d'horreurs
révoltèrent les Danois honnêtes qui
avaient accompagné le roi en Suède.
Plusieurs de leurs généraux donnèrent leur démission, et le général
Othon passa au service d'un prince
étranger.

Tel fut le comble des malheurs
que les Suédois s'étaient attirés depuis que, sous le règne de Margue-
rite de Waldemar, ils s'étaient lais-
sés annexer au royaume de Danemarck.

Christiern nomma l'archevêque

de Lunden vice-roi en son absence :
il lui donna pour ministres et pour
conseils l'archevêque d'Upsal et l'é-
vêque d'Odensée : il nomma, de son
autorité privée, les deux prélats danois aux riches évêchés de Strengnas et de Skara, sans égard pour les
droits de ces deux églises, qui étaient
en possession d'élire leurs évêques.
Ce prince eut même assez de crédit
à Rome pour faire approuver, par
Léon x, l'intrusion de ces deux prélats qui, pour ainsi dire, étaient encore teints du sang de leurs confrères.
Christiern, en partant, leur ordonna
de n'épargner ni soins ni dépenses
pour découvrir la retraite de Gustave. Il mit la tête de ce seigneur à
prix, et promit des sommes consi-

dérables à ceux qui pourraient s'emparer de lui, mort ou vif. Il reprit ensuite le chemin de Danemarck, chargé à jamais de l'exécration des Suédois, et de l'infâme surnom de *Néron du Nord.*

Ses troupes, en son absence, continuèrent dans les provinces les cruautés qu'il venait d'exercer dans la capitale. Norbert, qu'il avait promu au grade de général, eut sous ses ordres un corps de troupes composé d'étrangers. Ces aventuriers, dignes de servir sous un tel chef, commettaient toutes sortes de désordres partout où ils passaient. Ils étaient si redoutés des paysans suédois, que ceux-ci les appelaient les bourreaux de l'armée, et que

souvent, à leur approche, ils aban-
donnaieut leurs chaumières pour se
réfugier dans les forêts.

Malgré l'absence du tyran, les
seigneurs continaient à être en butte
aux plus grandes persécutions; plusieurs d'entre eux furent surpris
par ses ordres, et massacrés dans
leurs châteaux, sans autre crime
que celui d'être distingués par leur
naissance et leur courage. On ne
daignait plus même employer le prétexte ordinaire de l'excommunication : on était trop criminel dès
lors qu'on était accusé d'être riche,
ou d'avoir du crédit dans sa province.

Le vice-roi, avide de satisfaire
ses goûts voluptueux, ne cherchait

qu'à amasser de l'argent par la con-
fiscation des biens de ceux qu'il
proscrivait chaque jour. Les principaux officiers de son armée rava-
geaient le pays ; ils avaient chacun
leurs troupes indépendantes et sé-
parées. Il n'y avait ni ordre ni dis-
cipline, et parmi tant d'intérêts différens et si peu de subordination,
on ne songeait qu'à piller et à ruiner
le peuple.

La noblesse, effrayée de tant de
massacres, en proie elle-même aux
divisions, sans chefs, sans argent
et sans troupes, se vit réduite, pour
échapper à la cruauté des Danois, à
rechercher la protection de l'archevêque; chacun finit par faire sa
cour à ce prélat; tout le monde vou-

lait alors être du parti victorieux :
on cherchait même à paraître en
avoir toujours été. Il semblait que
tous les gentilshommes suédois eussent péri dans le massacre de Stockholm; personne n'avouait qu'il eût
servi dans l'armée de Sténon; la
plupart de la noblesse prit de l'em-
ploi dans les troupes du vice-roi,
comme pour s'assurer une sauve-
garde; le malheur de la Suède enfin
était si grand, sa position se trouvait tellement désespérée, qu'on regardait avec une sorte d'envie ceux
à qui il était permis de s'armer
contre leur patrie.

CHAPITRE XI.

Je livrerai ce peuple à la mort, au carnage....
. . . .
Là, plus de nation, de ville, de royaume :
Le silence à jamais !

(LAMARTINE.)

« .....Pleurez, portes de Jérusalem ! ô Sion, tes
« prêtres et tes enfans sont emmenés en esclavage ! »

(ISAÏE.)

J'erre.... à la merci des hommes.

(CHATEAUBRIAND, *Atala.*)

Ici viennent mourir les derniers bruits du monde ;
Nautoniers sans étoile, abordez ! c'est le port.

(LAMARTINE.)

GUSTAVE apprit, dans sa retraite, les scènes horribles qui s'étaient passées à Stockholm, ainsi que le sort qu'avaient éprouvé son père, sa mère, sa sœur, ses parens et ses amis. Comme on venait de publier partout le royaume que ceux qui lui donneraient asile subiraient la peine de mort, le fermier qui l'avait reçu, effrayé d'un ordre aussi rigide, lui annonça qu'il ne pouvait le garder plus long-temps sans compromettre ses jours et le sort de sa famille. Gustave prit congé de son hôte, dont jusqu'alors il n'avait eu qu'à se louer. Néanmoins ce brave homme ne le laissa partir qu'avec une extrême répugnance, car il concevait de vives alarmes sur les dangers auxquels il allait être exposé.

Quant à Gustave, son ame, émoussée par tant d'adversités, était en proie au plus violent désespoir; la nouvelle de tant d'événemens fu-

nestes, et l'obligation où il se trouvait de sortir d'un lieu où il se croyait
en sûreté, le jetaient dans un tel dé-
couragement qu'il perdait enfin tout
espoir d'échapper à ses ennemis.

« Que dois-je faire, se disait-il ?
où vais-je désormais porter mes
pas?.... Il est sans doute encore en
Suède des êtres assez généreux pour
me donner asile; mais dois-je les
vouer à une mort certaine en allant
réclamer leurs secours? Non, je ne
veux compromettre aucun de mes
compatriotes, et puisque telle est la
volonté du Ciel, je subirai mon arrêt.... D'ailleurs, je suis las de cette
vie errante à laquelle je suis condamné, et qui ne fait que prolonger
mes tourmens. Si, jusqu'à présent,

j'ai supporté mon infortune avec résignation, c'est que je conservais
l'espérance de pouvoir un jour ranimer le courage des Suédois, et de
leur faire secouer le joug honteux
de leurs oppresseurs. Mais puisque
l'amour de la patrie est éteint dans
leurs ames, et que je n'ai plus ni
parens, ni amis, ni avenir, la vie
n'est plus qu'un fardeau pour moi...
Oui, c'en est fait; je vais confier ma
destinée au hasard. Puissé-je bientôt
être délivré pour jamais des peines
qui m'accablent! »

Ce fut dans cette résolution que
cet infortuné, croyant avoir épuisé
tous les traits du malheur, erra à
l'aventure pendant plusieurs jours
dans les environs du lac Meler. Il

ne fut heureusement pas reconnu, malgré le peu de précaution qu'il prit pour éviter la rencontre des soldats de Christiern. Cependant, partout où il s'arrêtait, dans la cabane du pauvre, dans les hôtelleries, chez les fermiers, chez les bourgeois, il était témoin de la haine que les Danois inspiraient généralement. Il jugea, d'après les renseignemens qu'il put recueillir, qu'il ne devait pas entièrement désespérer du salut de son pays : qu'une nouvelle révolution était inévitable, que tous les Suédois indignés ne respiraient que vengeance, et qu'il ne fallait qu'une étincelle pour rallumer la guerre. Il fut aussi informé des bruits vagues qui couraient relativement aux mou-

vemens des paysans de l'Uplande;
et quoique cette nouvelle ne fût pas
donnée comme certaine, elle con-
tribua à ranimer ses espérances.
Changeant tout à coup sa manière
de voyager, il prit le parti de se retirer pendant le jour dans les bois,
et de ne marcher qu'à la faveur de
la nuit.

En attendant des circonstances
plus heureuses, il résolut de se cacher pour quelque temps dans un
monastère, et se flatta qu'il trouverait une retraite assurée dans celui
de Gripsholm, dont Eric Wasa avait
été le fondateur. Dans cette assu-
rance, il prit le chemin de cette abbaye construite auprès du château
où il avait passé son enfance.

Avant de se rendre au monastère, il se proposait de visiter l'ancien intendant de son père : ce vieillard, nommé Kretler, restait habituellement au château de Gripsholm, dont la garde lui était confiée. Gustave affectionnait d'autant plus ce brave serviteur, qu'ayant eu sa femme pour nourrice, il avait été élevé par les soins de tous deux. Aussi se promettait-il le plus grand plaisir à le presser dans ses bras. Il désirait également revoir plusieurs autres domestiques qu'il croyait retrouver dans cette habitation.

Dans la crainte d'être reconnu, il n'arriva à Gripsholm qu'une heure après le jour. Quelle fut sa douleur, en entrant dans le bourg, de ne ren-

contrer aucun de ses habitans! Toutes
les maisons abandonnées avaient été
livrées au pillage; plusieurs même,
devenues la proie des flammes, n'of-
fraient plus que des débris fumans,
et partout l'image de la dévastation
attestait la présence des satellites
de Christiern.

Malgré le trouble que cet aspect
jette dans l'ame de Gustave, il traverse ce lieu désolé, et arrive vis-
à-vis du château de ses pères. Mais
il recule d'horreur en apercevant,
à l'entrée de cette habitation, des
potences où cinq hommes sont sus-
pendus! Les lumières qui éclairent
l'intérieur des bâtimens, le mouvement qui se fait remarquer dans les
appartemens, et les sentinelles po-

sées à la principale porte, lui annoncent que cette demeure est occupée par ses ennemis.

La mort dans l'ame, Gustave baisse la tête : « Les misérables, dit-il, ils n'ont rien épargné !... Tout ici retrace leurs fureurs.... Malheureux habitans, que je vous plains !... Votre ruine est consommée;..... et les serviteurs de mon père !... quel peut être leur sort? Je tremble de le connaître... Les monstres auront-ils pu leur pardonner d'avoir appartenu à notre maison?.... La mort sera sans doute devenu le prix de leur fidélité.... Idée affreuse !.... Mon cœur est déchiré..... Fuyons ces tristes lieux ; gagnons le couvent où je dois trouver un refuge,.... là du moins je suis sûr de trouver des protecteurs et des amis. »

Il se jette aussitôt dans un chemin creux pour gagner l'abbaye; mais comme il se dispose à entrer dans l'allée de peupliers qui y conduit, il distingue sur sa gauche une lumière à travers les arbres d'un bois situé vis-à-vis de la grille du parc du château. Se rappelant que c'est là la demeure d'un vieux bûcheron dont il a souvent soulagé la misère, il dirige ses pas de ce côté, arrive sans bruit jusqu'à la fenêtre de la hutte, regarde à travers les carreaux, et reconnaît le vieillard et sa femme. Leurs lamentations parviennent jusqu'à ses oreilles : il écoute attentivement leurs plaintes, et juge, d'après ce qu'il entend, qu'il peut, en toute sûreté, se confier en eux.

« Sainte Vierge ! dit en sanglotant la femme du bûcheron, faut-il que notre pauvre pays ait été dévasté de la sorte ! Le voilà ruiné pour long-temps.

— Oh ! sans doute, reprend le vieillard, car les dégâts sont considérables : ces scélérats ont mis le feu aux six plus belles maisons et ont pillé tous nos habitans. Heureusement qu'ils ont presque tous abandonné leurs demeures, car ceux qui ont eu l'imprudence de rester chez eux, ont été noyés dans le torrent..... Quant aux domestiques du château,..... quel sort ! ah ! mon Dieu ! mon Dieu !...

— Oui, oui, c'est une horrible chose!... Nous n'avions déjà que trop de sujet de pleurer toute notre vie, sans avoir encore à nous affliger sur ces nouveaux malheurs.

— Ce n'est que trop vrai, femme : qui nous consolera jamais de la perte douloureuse que nous avons faite?... La mort du respectable Éric Wasa nous laissera long-temps des regrets!

— Que de maux à la fois!... il était notre protecteur ; ainsi que nous, tous les gens du pays bénissaient son nom..... Il était si bon, si humain!.... Encore, pourvu qu'il n'arrive rien à sa veuve et à sa fille!

— On a bien des inquiétudes sur elles.

— Elles sont maintenant, m'a-t-
on dit, prisonnières en Danemarck...
O mon Dieu ! faut-il que vous ayez
envoyé sur la terre ces deux anges de
bonté pour les vouer à des souffrances si grandes ?...

— Pleure, femme, pleure ;... va,
il y a bien de quoi.... Et moi qui
pleure si rarement, quand je pense
à cette famille, je ne puis m'empêcher de fondre en larmes... Je fris-
sonne chaque fois que je songe au
traitement que ce méchant roi de
Danemarck fait éprouver à nos bien-
faiteurs.

— Et le brave Gustave qui nous
a fait aussi tant de bien, que de-
vient-il ?

— On n'en sait rien :... tout ce

que j'ai appris, c'est qu'il s'est sauvé
de sa prison.

— Ah! tant mieux... Que le Ciel
le protége!

— Oui, mais on ajoute qu'il est
revenu en Suède où il se tient caché, et que sa tête est mise à prix.

— Dieu! s'il tombait entre les
mains de ces chiens de Danois, il
serait perdu.

— Et la Suède aussi; car plus
d'espoir pour elle après la mort de
Gustave!

Gustave, d'après ce qu'il vient
d'entendre, ne balance point à se
faire reconnaître de ces braves gens.
Il frappe à leur porte à coups re-
doublés, mais cette précipitation
porte l'effroi dans leurs ames.

« Grand Dieu ! s'écrie la femme,
on nous écoute !

— Si cela est, femme, c'en est
fait de nous... Je tremble.

— Ouvrez, ouvrez, bonnes gens.

— Quelle voix !

— Ouvrez, vous dis-je..... C'est
un ami qui vous parle.

— Me trompé-je ?..... Ouvrons
toujours. »

Gustave se précipite entre le bûcheron et sa femme, qui demeurent
frappés d'étonnement.

« Mes amis, leur dit-il, je vous
ai entendus.... Jugez si je dois avoir
confiance en vous !

— Quoi ! seigneur, dit le bûcheron, vous ici ? vous ignorez donc ce
qui se passe ? Tantôt il est arrivé à

Gripsholm une légion de bandits au service du roi de Danemarck; ce corps, appelé les *bourreaux de l'armée* , a ravagé ce malheureux pays...

— Oui, oui, je le sais : je viens de traverser le bourg, et j'ai tout vu... Cela fait horreur..... Ces brigands occupent donc le château?

— Oui, seigneur, et les excès qu'ils y ont commis font dresser les cheveux.... Ce pauvre Kretler !

— Hé bien !

— Ils l'ont attaché à une potence.

— Les scélérats !....

— Ils ont fait subir le même supplice à quatre autres domestiques de la maison.

—Malheureux serviteurs, je pressentais leur sort....

— Rudolff, Hersolm, Wikle et Rinalte sont les victimes qui ont partagé le sort de Kretler... Deux autres valets plus heureux ont pris la fuite; ce sont les nommés Jeffers et Kirn : ils ont rejoint les habitans du bourg qui se sont réfugiés dans les environs..... Il paraît que ces scélérats de Danois avaient l'ordre positif de mettre à mort tous les domestiques au service de votre père.

— Cruel Christiern!

— Maintenant ces monstres se gorgent de vin et de bonne chère : depuis une heure ils sont à table : comme ils manquaient de gens pour les servir, ils ont fait appeler un de

mes ouvriers qui a été forcé de se
rendre auprès d'eux.

— Jésus! Marie! s'écrie la femme
du bûcheron en se signant, pourvu
qu'ils n'aillent pas le traiter comme
les autres!..... Ce pauvre Souplers,
lui qui est si timide, si doux, comme
il doit être mal à son aise avec ces
démons incarnés!

— Va, sois tranquille, Gilerthe;
Souplers n'a rien à craindre....
n'ont-ils pas besoin de quelques
personnes pour les servir?

— N'importe,.... je le plains : il
est sans doute bien contrarié, puisqu'il devait partir demain pour retourner dans son pays.

— S'il peut s'échapper, sois per-
suadée qu'il reviendra cette nuit et

que, dès le point du jour, il se mettra en route... Mais vous, seigneur,
quel est votre projet?

— De me cacher pendant quelque temps dans le monastère voisin.

— A mon avis, vous ne pouvez
trouver une retraite plus sûre, car
les moines de Gripsholm doivent tout
à votre famille; et ce qui prouve combien ils sont reconnaissans, c'est l'é-
vénement déplorable qui a eu lieu
ce matin... Vous avez connu le père
Anselme?

— Sans doute..... Pourrais-je oublier que c'est à ce digne religieux
que je dois ma première éducation?

— Oui, c'est vrai..... Je me rap-
pelle que c'est lui qui, dans votre
enfance, vous a appris à lire et à

écrire….. Hé bien ! ce respectable
vieillard vient de mourir subite-
ment.

— Dieu !.. Et qui donc a pu causer un événement si funeste?…

— La nouvelle de la mort de votre
père, pour lequel il avait le plus vif
attachement. Les malheurs de la
Suède l'affectaient au point qu'il en
était malade depuis long-temps; et
l'on avait jugé convenable de lui
laisser ignorer jusqu'alors les événemens de Stockholm; mais tantôt
le supérieur du couvent ayant eu
l'imprudence de lui faire connaître
le sort de votre père, ce coup inat-
tendu a fait au pauvre Anselme une
si grande impression, qu'il est tombé
à la renverse et ne s'est pas relevé…

III.   22

— Honnête homme! quelle perte pour nous tous!

— Allez, reprend Gilerthé en sanglottant, c'est surtout une grande perte pour moi; car il était mon confesseur..... Ce saint homme, qui est maintenant dans le Ciel, va sans doute prier le bon Dieu pour qu'il fasse cesser nos malheurs.

— Brave homme, continue Gustave, je voudrais savoir si je puis me présenter en toute sûreté au couvent?

— Je vais vous conduire jusque là, seigneur. Je verrai d'abord le père Christophe à qui j'annoncerai votre arrivée, et je ne doute pas de l'empressement qu'il mettra à vous recevoir..... Par prudence, nous allons suivre le sentier pratiqué sur

le bord du torrent; c'est le plus long,
mais c'est le plus sûr..... Venez, sui-
vez-moi.

— Surtout, dit la vieille, tâchez
de ne faire aucune mauvaise rencontre;.... mais je vais me mettre
en prière pour que Dieu et la sainte
Vierge vous protégent l'un et l'autre.
Adieu, seigneur; et toi, mon ami,
reviens bien vite, car, tant que tu
seras absent, je ne serai pas tranquille. »

Gilerthe se met à réciter ses pate-
nôtres, et Gustave, guidé par le bûcheron, dirige ses pas vers l'abbaye
de Gripsholm.

FIN DU TOME TROISIÈME.

ON TROUVE A LA MÊME LIBRAIRIE.

HISTOIRE DE LA CONQUÊTE DE GRENADE, par Whasington Irving, traduit de l'anglais par J. Cohen, 2 vol. in-8. . . . . 15 fr.

ERNEST, ou le Travers du Siècle, par M. Gustave Drouineau, 5 vol. in-12. . . . . 15 fr.

FRÉDÉRIC STYNDALL, ou la Fatale Année, par M. Kératry, 5 vol. in-12. . . . . 16 fr.

IRÈNE, épisode de la retraite de Moscou, par M. de Permon, 4 vol. in-12. . . . . 6 fr.

ARCHIPPE THADDÉEVITCH, ou l'Ermite Russe, par M. Boulgarin, 5 vol. in-12. . . . . 11 fr.

L'AUTRICHE TELLE QU'ELLE EST, ou Chronique secrète de certaines Cours d'Allemagne, par un témoin oculaire, 1 vol. in-8. . . . . 6 fr.

DÉBATS DE LA CONVENTION NATIONALE, ou Analyse complète des Séances de cette Assemblée, avec les noms des personnes qui y ont figuré, 5 vol. in-8. . . . . 37 fr. 50 c.

CORRESPONDANCE SECRÈTE ET POLITIQUE de madame de Maintenon et de madame la princesse des Ursins, 4 vol. in-8. . . . . 28 fr.

FRÉDÉRIC LE GRAND, ou Mes Souvenirs de vingt ans de séjour à Berlin, 4e édition, 5 vol. in-8. 30 fr.

HISTOIRE DE LA GUERRE DE LA PÉNINSULE, par le lieutenant-général William Vane, marquis de Londonderry, 2 vol. in-8. . . . . 15 fr.

MÉMOIRES SUR LA DERNIÈRE GUERRE DE CATALOGNE, par Galli, aide-de-camp de Mina, in-8. 7 fr. 50 c.